风过岁月 花正开

李艳娥 著

天津出版传媒集团
百花文艺出版社

图书在版编目（CIP）数据

风过岁月花正开 / 李艳娥著. -- 天津：百花文艺出版社，2023.5
ISBN 978-7-5306-8457-3

Ⅰ.①风… Ⅱ.①李… Ⅲ.①散文集-中国-当代
Ⅳ.①I267

中国国家版本馆CIP数据核字（2023）第074869号

风过岁月花正开
FENG GUO SUIYUE HUA ZHENG KAI
李艳娥 著

出 版 人：薛印胜
选题策划：胡晓童 **责任编辑：**胡晓童
出版发行：百花文艺出版社
地址：天津市和平区西康路35号 **邮编：**300051
电话传真：+86-22-23332651（发行部）
+86-22-23332656（总编室）
+86-22-23332478（邮购部）
网址：http://www.baihuawenyi.com
印刷：成都兴怡包装装潢有限公司
开本：880毫米×1230毫米 1/32
字数：170千字
印张：7.5
版次：2023年5月第1版
印次：2023年5月第1次印刷
定价：58.00元

如有印装质量问题，请与成都兴怡包装装潢有限公司联系调换
地址：成都市金牛区西华街道付家碾村6组152号
电话：（028）86965207 邮编：610037

地域性写作的情感认同

郝随穗

有关地域性写作的话题从未停下来过，各种观点的融合和对峙，从某种意义上来说超出了文本本身，已经介入到社会各个层面之中。在当下大众化漠视文学的环境下，文学所具有的作用微乎其微，甚至被不屑一顾，由此，文学的个体化和地理意义的原属性在传播和受众之间所体现的价值，已经被忽略到边缘化地带。而被大多数日常喟叹乡村与城市文明冲突与和解的时代来说，我们讨论的地域性写作早已经普及和渗透到乡愁之中，这个乡愁或许以文学为底色，在沸腾的情绪中铺垫下滚烫的文字。

李艳娥显然是典型的地域性写作者，她的散文作品非常突出地体现了这个特点。

出生于陕北的李艳娥，其成长经历从未改写过自己地理意义上的籍贯，她寸步不离地长期生活在这里，籍贯所承载的地理、历史、文化等，都与她的日常生活发生着各种关系，而这些也都与文学息息相关。从小学开始，她的学习成绩以优异的纪录给她的学习生涯嵌入了强烈的求知欲，以至于养成的长期学习和思考的习惯，给她的文学创作提供了丰沛的资源。

在这种资源的开掘中，李艳娥的独到之处是完全以非虚构的文本呈现地域概貌，其中贯穿的情感丰繁而深沉。在童年时候被寄养在外婆家的几年，她时常站在村口等父母来接的委屈、无助、孤独等情感交织的苦盼之情，至今让人疼惜！这些经历通过文字叙述所形成的情感力量，引发读者强烈共鸣，给作品带来了相应的艺术效果。作者由此产生情感认同，焕发出一种归属感，给自己的作品找到了据点。

每个人都是在自己所处的地域中培植和获取有关滋养自己生命的情感，而这种情感的个体，必须在庞大的地域情感中寻找认同。这种认同其实是与生俱来的，也是最基本的文化心理构建。

在李艳娥的作品中体现得尤为突出的就是对这种文化和情感的无比尊重。乡土不只是母土的厚重存在，更多地包含了漫长历史中的裂变、重合中形成的各种复杂情感的叠加和共存，以及作者深刻的个体体验。李艳娥在这片土地上所发出的声音，正是充分利用地域题材和地域文化，通过文本实现一种情感宣泄和积淀的可能，从而在一些作品中比较清晰地显现出以地域为支点，达到超越地域视阈的写作。这样的效果，是对地域性写作的挑战和突破，也是对自己的文学地理空间的重构。她充分把个体经验中形成的情感认同，与地域题材和地域文化结合起来，形成个性鲜明的文本，有效地消解了同质化写作。

好的作品从来不是模仿品和复制品，因此，作者只有进行个性化写作才能使自己的文本保持新鲜度和陌生化。李艳娥的作品排斥喧哗，在拒绝同质化写作的过程中，她近乎匍匐式的低调写作，执意为作品最大限度地投注了经验与情感，使作品跳出了惯性思维的桎梏。

情感是大地上生长出来的另一种五谷，比如陕北的小米就是相应地域环境中生产的一种庄稼，作为一种情感的载体，它囊括了很多与地域有关的文化元素，象征和隐喻了这种朴素而真挚情感的深沉和厚重。贯穿李艳娥作品的情感一直在对脚下这片黄土地的认同中，十分清晰地表达着自己情感属性的地域符号，使作品获取到其应有的情感能量。

每个人都是与自己特殊的地域产生情感的载体，当生命用一辈子的努力为自己的情感归属寻找契合点，也许在众多方式中，写作是作家对地域认同和对情感认同的最好方式，李艳娥的创作无疑是通过这种方式，为自己的成长和历练、修行和归属找到了最好的路径。

2023 年 5 月 19 日于三石堂

郝随穗，中国作家协会会员，延安市作家协会副主席，鲁迅文学院第 29 届中青年作家高研班学员，入选中国作协作家定点深入生活项目。在《人民文学》《诗刊》《解放军文艺》《人民日报》《文艺报》等国内外多家报刊发表大量作品，作品曾获《人民文学》《诗刊》大赛奖、冰心散文奖、孙犁散文奖、鲁藜诗歌奖、长征文艺奖、中国工业文学奖、新诗百年最具活力诗人奖等，并多次入选各种年选和中小学语文试卷。出版《费尽荒凉》《素面》《硬时光》《庄里》《流年何往》等 15 部作品集。

目录

壹　回眸

贰　一笑

叁　花正开

壹 回眸

人生有多少次回眸
这抑或是最深情的一次

憧憬中的阅读

我平时喜欢文字，热爱阅读，每到世界读书日之际，就会乘着春风买回很多书，对书架进行一次大整理，更新自己的阅读目录。

浏览着一行行书目，我仿佛打开了自己的精神履历，拍拍一路风尘仆仆行走落下的尘埃，思想成长轨迹隐约可见。

从安妮宝贝的《彼岸花》，到策马扬鞭，随江一燕《在时光里流浪》；从敬一丹的《我遇到你》，到雪小禅的《欢未央》；聆听朱光潜《谈美》，感悟《顾城哲思录》；通过康辉的《平均分》，到达毕淑敏的《幸福刚刚好》。整理好董卿的《朗读者》三部曲，拿起白岩松的《白说》，我擦拭着扉页，顿时感慨万千。

这是一本我很喜欢，但一直没有读完的书。此时，我忽然想起了抖音上的一句情感文案：在最“情深意浓”的时候，没有“紧紧相拥”，后来再也找不到“问候”的理由。我清晰地记得与这本书的“初见”。

那段时间，我遇到了一些挫折，心情陷入了低谷。我突然想来一次精神的洗礼，背起包一个人只身去往成都，开始了一场说走就走的旅行。

几天时间，我白天看风景，晚上去各个书店转，有时也在玉林路的咖啡馆，一坐就是整个下午。

那个黄昏，在街角的一个书店，我看到了白岩松的《白说》。早就“仰慕”过，但没读过。

书是封装的，没买之前不能打开。我马上付了款，如获至宝，迫不及待地想要阅读。但是，停顿三秒钟后，我合上了书，上乘的阅读得有美好标配。

我买了红酒，打的士匆匆返回酒店。

站在落地窗前，俯瞰整个城市的灯火，夜风沉醉。浅酌两杯，坐在窗前开始阅读。与期待中的一样美好，淡淡的书香，深邃的眼光，独特的视角，敏锐的思想，如清泉在心间涓涓流淌。

我一字一句地研读，生怕错过一个标点的韵味。读到共鸣处，兴奋不已，有一种久逢知己之感。到深夜两点，我只读完了“序言”。

白说：把有闲，当成对生命的奖励与激励。

我说：把喜欢的事，当成一种期盼和奖励，比如读一本书，去一个地方，爱一个人。我想把喜欢的“阅读”，作为一种憧憬和期盼。

踌躇许久，我恋恋不舍地放下了书。我要做好了准备，再阅读。也许，突兀打开，以为是读过，其实是错过。我要把“序”之后的“正文”，待到美好的时光慢慢品读。

旅行归来，我把这本书一直随身携带。在喜悦时，读几页，像在奖赏自己。在为生活的琐事疲惫不堪时，那憧憬中的阅读，仿佛成了我精神的慰藉。有时书就在那里，没有打开，但心有期盼，就获得了一种无形的精神动力。一些事做起来不再头疼，一些棘手的问题迎刃而解。忙完一天的琐事，每天晚睡前读几页，觉得是一种享受。我时而速记感悟，写下一段段文字，把一些文字激起的思想火花，化成了美丽的诗行。

那个寒冬，这本书如一缕暖阳，陪我走过了那段精神低谷期。

但是，后来不断地被生活的琐事打断，这本书渐渐被搁置。以至于在一年多的时间里，一本内心深爱的书还没有读完。

也许在很多人心目中，都珍藏着一本书，或许买了放在自己的书架，或者没有买，在书店。可能时常想着，改天我要买回来，有空了好好读一读。或者只把它当作一种美好的期许，当成憧憬中的阅读。总之，常常感觉自己没有准备好，一直没有真正打开阅读。

但是，不要等太久。也许你以为一切都准备好了，决心阅读的时候，那书已不在原处。当然，书可能还在，但读书的兴致已不如初见。

读书如此，阅人如是。很多时候，我们往往在期盼和等待中错失了很多美好。蓦然回首，书可能还在，但人早已消失在茫茫人海中。

珍惜每一次初见，一切美好的邂逅都值得被珍惜。

幸好，书还在，趁窗外阳光正好，让我们把憧憬中的阅读化为进行时的美好。

你准备好了吗？

第一次开学

一路走来，我似乎一直都保持奋进的姿态，读书，学习，从未间断。

曾有人问我：你为什么一直都那么努力？为什么那么热爱读书？我一时不知道如何作答，只是礼貌地回以微笑。

回望来路，答案洒满那条弯弯的山路——

一

我出生在一个偏僻的小山村，那时正逢全国计划生育政策实施最严格的时期。也正是在那个年月里，已经接连生了三个女孩儿的爸爸妈妈最渴求的就是能生个男孩儿。然而很不幸，我这个“小四儿”的到来让他们的美梦破灭，又是个女孩儿！

我出生那天，爸爸妈妈在百般纠结后，终于没有遗弃我，用邻家大婶拿来的一件破夹袄裹起哭了很久的我。

几年后，一家人终于盼来了两个弟弟的出生。在那个重男轻女观念比较严重的年月，爸爸妈妈终于变得“扬眉吐气”，在村里抬起了头。一家人对两个弟弟百般宠爱。那时家里很穷，最能体现对两个弟弟偏爱的事就是——把家里平时只用来卖钱贴补家用的鸡蛋给他们吃。

记得妈妈每天早上蒸一碗加面粉的鸡蛋，两个弟弟各一半。作为家里最小的女儿，我是刮碗底的，能吃到两个弟弟残留下的一半勺鸡蛋。

后来，外婆跟妈妈商量，准备把我带到外婆家去。外婆说，在那里可以让我一个人吃鸡蛋，不用刮碗底的。那时候我应该是四五岁的样子，有点儿馋，但也不想离开爸爸妈妈。

可我当时是没有选择权的，家里孩子太多，妈妈照顾不过来，我只能不哭不闹，在频频回头中跟着外婆走了。

那一去，便是三年。

二

外婆家两孔土窑洞，门前有条河，对面有座山。

我每天听外婆使唤，干一些简单的农活儿，照母鸡下蛋、在地窖里拾土豆、打扫院落、给羊儿拔草之类的事儿。

那时我每天都特别想家，尤其想念爸爸妈妈。外婆家距我家大概有三十多公里路，但那时候山路弯弯，走路靠步行，记忆中很遥远。

爸爸妈妈平时很少来外婆家，只在乡上有集市的时候，他们赶完集有可能会来外婆家看看，但一年没几回。不过只要有一丝希望，我都会充满期待。

每逢乡上有集市的日子，我都会早早起床，跑到村口的那棵老树下开始张望。眼睛不放过任何一个路人、一辆车子，从远处移动的一个个小点一直到走近看清晰脸庞，但每次等到的都不是爸爸妈妈。

直到黄昏，村口那棵老树上的小鸟儿都归巢了，叽叽喳喳地在爸爸妈妈的怀抱中欢叫着，我还是一个人孤零零地站在村口张望着。

那一刻，我特别想念在家的日子。傍晚，我和姐姐一起放羊归来，伴着晚霞走在回家的小路上，远远看见家的方向炊烟正袅袅升起。

那一幕定格在我的记忆中，永远是那么美！

外婆在村边喊我回去吃饭了，我一个人灰溜溜地扳着手指头，又回到了那两孔土窑洞。夜色渐深，我一边吃饭，一边侧耳倾听着院前一切疑似脚步的声响，直到夜色完全淹没了所有的光亮，我才确信，爸爸妈妈不会来了。

日子一天天过去，我还是那样一直在村口守望着，期盼着爸爸妈妈来接我回家，或者哪怕只是来看看我。

可过了很多时日，他们都没有来，似乎把我遗忘了。他们应该一直在忙吧，家里还有五个孩子要养，且要在黄土地里给姐姐们“淘出”学费。或许，他们对我的生活也比较放心，至少我在外婆家不用饿肚子。

渐渐地，我似乎没有了期待，慢慢适应了在外婆家的生活。我一个人去山坡上给羊儿拔草，还学会了外婆自编的《打碗碗花》和《羊耳朵》童谣。也许是外婆觉得我太孤单了，才想方设法自编那些跑调的童谣来陪伴我。

我时常一边唱着童谣，一边想念着外婆口中的面包。

外婆常常说，舅舅如果从县城回来，就会带回面包。可是，外婆口中的面包仿佛一直都挂在童话的摇篮里，很遥远。舅舅很少回来，也没带回过面包。夜晚，我常常一个人静静地望着星空，想象着面包究竟是什么味道。

其实让我最憧憬的不是面包，而是读书。

在外婆家，我那时有一项很重要的任务就是生火。外婆经常给我一些旧书纸，让我去另一个土窑洞生火暖炕。外婆家的炉灶气道不畅，生火要费很大的劲儿。不过，我特别喜欢这件差事，因为喜欢那些书纸。我那时不识字，但每次生火前，总会偷偷坐在灶台边，把书纸上密密麻麻的文字和黑白插图看上一遍又一遍。直到外婆开始催了，我才恋恋不舍地把纸揉成团，开始生火。

现在回想，那些旧书纸当初不仅点燃了炉火，也一次次地点燃了我对读书的深深向往。

我时常跟外婆去山上种地，她有时会指着那条弯弯曲曲一直延伸到大山之外的山路对我说："你长大后如果好好读书，就可以走出大山，不用再受苦了。"说完，她又长长地叹了一口气，"家里孩子多，你爸妈不一定能供得起你上学啊！"

我把外婆的话默默记在心里，一颗种子在悄悄萌发。我一定要上学读书，至于学费，我可以自己筹。

听说黄蒿芽能卖钱，我就天天提着篮子去山坡上拔。可是，尽管我晒了好多黄蒿芽，爸爸妈妈还是没有来接我回家上学。

三

终于，在一个黄昏，外婆家的硷畔上传来了妈妈的声音。妈妈来接我回家了！

那一夜，我激动得睡不着觉，紧紧抓着妈妈的手，生怕又一次被丢在外婆家。

第二天，我早早起床，收拾好了自己所有的行囊——一个装得鼓鼓的小包包，等妈妈带我走。

妈妈终于带我踏上了回家的路，我牵着妈妈的手，蹦蹦跳跳走在山间的小路上。记忆中，那是我人生中最美好的一个下午。一路上，花儿是那么美，小草是那么可爱，山上看到的夕阳是那么柔和。

离家三年，我终于回家了。姐姐兴奋地给我讲着家里这几年的变化，带着我满村跑。那一晚，我和姐姐们挤在一个炕上，睡得特别甜。

那时家里养了几只羊和两头猪，每天需要从山里拔很多草回来喂养。姐姐们上学，两个弟弟还小，爸妈要忙其他农活儿，拔草几乎成了我的“专职”。我每天往山里跑好几趟，拔一筐筐青草野菜回家。整天奔走在山野中，我的脸蛋被太阳晒得红红的，但记忆中很开心。

那应该是我童年中最美好的一段时光，每天奔走在花草间，我的笑容也染上了几分芬芳。

山上哪里有什么草，哪里的草长多高了，什么草会开什么样的花儿，我都一清二楚，像个花草小专家。有时，我还会采一篮子蘑菇回家，路遇村里的大人们，他们经常夸我是村里最勤快能干的小孩子。

四

有关上学的事，从来没有人跟我提，我自己好像也忘记了。直到有一个春天，经常和我一起玩耍的小伙伴们都因上学离开了我，比我年龄小的弟弟也被姐姐带去报名，我才突然感到莫名的孤独。我想起了外婆曾对我说过的话，我是不是也该上学了？可爸爸妈妈似乎忘记我也是一个应该上学的孩子。

听邻居大婶说，那天我一个人来到她家，平时一个活蹦乱跳的孩子，突然变得沉默寡言。过了一会儿，我像个小大人儿似的，两眼泪汪汪地说出了自己的心事：我也想去上学，可爸爸妈妈好像把我遗忘了。

好心的大婶很快将这件事告诉了我妈妈。我爸妈这才像记起什么似的，第二天让姐姐带着我去学校，问问学校能不能不领书（即不买课本），只缴报名费。

到了学校，我看到了很多很多的学生。一阵铃响后，大家都聚到了一个教室，一位男老师开始讲话。姐姐悄悄告诉我，那就是校长。

在校长讲话停顿间，我急切地问："老师，我可以不领书吗？"

顿时，引来一阵哄堂大笑。

我不懂那是学校开学大会，那时我只想知道我能不能上学。妈妈说过，如果学校允许不领书，那年就让我上学；如果不允许，我就上不了学。因为家里穷，拿不出书钱。

老师在诧异之后，和蔼地告诉我："可以。"

那一刻，我欢呼雀跃地跑出了教室。我要回家告诉妈妈：学校允许我不领书，只缴报名费！

那年我十岁，终于可以上学了。

报名后，爸爸给我订了一个牛皮纸本子，修理了舅舅以前用过的一个旧文具盒，里面放了指头长的一截铅笔。妈妈用碎布角给我连夜做了一个书包。

就这样，我上学了。我人生中第一次开学了。

五

上学第一天，老师问我叫什么名字，我说叫四娃。同学们一阵哄笑。后来才知道，那是乳名，每个孩子上学了都应该有一个大名，也就是学名。可是，我出生后，爸爸妈妈没有心思给我起名字，我排行老四，就直接叫了四娃。

第一次考试，试卷上需要写名字。我觉得这次应该要写一个正式的名字，寻思着：写什么好呢？我灵机一动，有了！我同桌叫折小飞，我就匆匆写下了“李小飞”。

发试卷的时候，大家都不知道谁叫李小飞。当我举起手的一刹那，我的同桌勃然大怒，说我占用了她的名字。接下来的好几天，她都不和我说话，要跟我划清界限，不能让大家混淆了“折小飞”和“李小飞”。

我是插班生，没上学前班，直接上了小学一年级，那时学习并不好，而且又买不起课本，有的书借不到，免不了要看同桌的。可是，因为名字的事，她和我有了矛盾。上课的时候，她把书压得严严实实，再也不让我看了。

放学路上，我把有关名字的苦恼事告诉了姐姐。她说，这事儿好解决。她想了一会儿说，姐姐们的名字中都带“娥”，并且希望你能长得艳丽，所以你就叫李艳娥吧！

从此，我有了自己的名字——李艳娥。

第二天早晨，我一进教室，就把这个好消息告诉了我的同桌。我终于有了自己的名字，再也不用和她的名字雷同了。她和我冰释前嫌，和好如初，上课时悄悄把书往我这边移了一下。

六

上学的路一个峁峁两道河，曲曲折折，一路泥泞，但我风雨无阻，从未退缩。

小学四年，我几乎没有机会用白纸写字，用的都是草纸或牛皮纸，铅笔也从来都是短短的，总是绑着一根小木棍用完最后一截。上学路上，我经常带着筐子，放学路上总是给猪羊拔草。我每天放学后干活儿到很晚，才能趴到炕上在煤油灯下开始学习。

如此种种，对我而言算不得什么，只要能读书，就是一件幸运的事。我经常担心的是，开学了却因为缴不起学费而辍学。

每逢开学的日子，我就担心买猪买羊的人不来，学费没有着落。尤其秋季多雨，黄土路易塌陷，一家人都揪着心，唯恐猪贩子的车子进不了村。直到爸爸把卖猪羊的钱点到手，一家人的心才落了地。

终于又一次开学了。

记忆中，我每年开学都不能买新书，用的都是姐姐用过的书。其实，姐姐也很少买新书，多是借村里上一届学生用过的。几易人手，书很破旧，上面有不同的字迹，密密麻麻记了很多笔记。到我用时，那书几乎没有写笔记的空隙了。所以，至今每次拥有白白的新书，我都爱不释手。

如能借到同学的课外书，我去草湾放羊、山上拔草都带着，想要争分夺秒读完，因为书很快要还回去的。

因为没书，便更加爱书，我也因祸得福，从小锻炼出了超强的记忆力。我小时候读书，几乎三遍成诵，看过的文章，可以说过目不忘，且浮想联翩。作文经常被老师在讲台上读给同学们听，大家尤其夸赞我想象力丰富。这应该也与书的匮乏有关吧，读一篇便没有了，然后坐在那联想千万篇。借的书要还回去的，只能用记忆留下来。幸之，爱书善记善思考的习惯，一直保留至今。

难忘童年，它让我经受了一些苦难，同时也馈赠了我一些宝贵的精神财富。

所幸，现在我终于可以拥有很多书、很多白纸、很多笔，终于可以在书房尽情地读书写字。但我一直都特别珍惜，珍惜每一本书，珍惜每一页纸、每一支笔，珍惜每一寸可读书的光阴。

有生之年，我能想到最美好的事，大概就是在衣食无忧之时，读喜欢的书，写优美的文字，描绘精致美好的人生。

一路走来太艰辛，所以我一直特别努力，我害怕辜负了自己所经受的一切苦难。我人生的第一次开学不易，故而一旦开始，便再没有停止。

重回精神原乡，回望山路漫漫，我便更加爱书，更加坚定了前行的脚步。

林间往事

又是槐花飘香的季节，槐花开得漫山遍野，空气中到处弥漫着淡淡的馨香。我的思绪随花香渐渐飘远，一直飘回那个遥远的小山村。记忆向山坡行进，穿过林间，飘零在那里的往事依然一片葱郁。

一

阳春三月，槐花开满山野，幽幽的馨香浸入微风，整个山村弥漫着淡淡的花香，村里的孩子们快乐地徜徉其中。

我们把一串串槐花摘下来，捧在手中，凑近鼻子，闭上眼睛深呼吸，幽香醉人。扬手把槐花撒向天空，朵朵花儿纷纷飘落，落在发梢、脸颊、衣襟上，感觉自己变成了花仙子。同伴们把一串串槐花挽成花环，戴在头上，嫣然像一个个春姑娘。那时我们没有相机，只能看到小伙伴戴着花环有多漂亮，看不到自己是什么样子，不过从同伴们诧异的表情和欢呼声中得知，我的样子应该很美。林间的鸟叫声、欢笑声、歌唱声、呐喊声，都被淹没在花海中，浸染着快乐和花香。

太阳快落山了，篮子里都摘满了槐花，我们提着篮子，踏着落日的余晖，蹦蹦跳跳回家。夕阳下，村里炊烟袅袅。妈妈的槐花饭盛上来，香喷喷的，散发着淡淡的槐花香。

吃完槐花饭，村里的小孩子又聚集在一起，开始玩捉迷藏。那时没有电话，只要有人站在硷畔峁峁上喊一声，小伙伴们马上就会应声。见面后，伙伴们不忘分享槐花饭的美味。童年的捉迷藏游戏就像“地道战”，但是不管你藏在哪里，总会被小伙伴抓出来。不知不觉天色暗了下来，大人喊孩子们回去睡觉，大家恋恋不舍地各自回家。

山村静下来了，一阵阵夜风吹过，整个山村沉睡在淡淡的花香中。

二

夏季，绿树成荫，山村里是一片绿海。

我和姐姐赶着几只羊，去树林里放羊——那时是允许放牧的，乡村生活是田园牧歌式的。树长得枝繁叶茂，站在地上都能抓到树枝。树下的草长得很茂盛，羊是不啃树的，连树林中的草都是挑拣着吃。白白的羊在林间绿草丛中蠕动，像点缀在绿叶中的雪莲花。

其实，有只羊还真的叫“花儿”，那是姐姐给她最喜欢的那只羊起的名字。那只羊长得标致，又温顺，姐姐说像她，就亲昵地叫它“花儿”。还有一只小羊，不听话，爱捣蛋，尤其爱往庄稼地里跑。姐姐说那只羊像我，就叫“四毛”——竟呼我的乳名。尽管我极不情愿，但是日子久了，我开始偏爱那只“四毛”。我摘了树叶专喂它，有时还会把自己头上扎的小红花拿下来，绑在它的头角上。在绿草白花中多了一朵小红花，真是一种美妙的点缀。

羊都在槐树林里静静地吃草，包括那只“四毛”也没有捣蛋，姐姐一边哼着歌谣，一边给我梳着小辫儿。

我瞪着小眼睛一会儿看林中的羊，一会儿看天空上的云。瓦蓝瓦蓝的天空飘着几朵白云，形状变幻莫测，一会儿像身着花裙的仙女，一会儿像挽着花篮的老婆婆，一会儿又变成了地上正在吃草的羊群，与大地紧紧地融为一体。但是，云始终没有遮住太阳。外面的阳光火辣辣地照着大地，我们坐在槐树林里，凉快而惬意。姐姐给我头上编了很多小辫子，还把林间的野花采下来插在我头发上。我开心地把头摇来摇去，满头的小辫儿跟着摆来摆去，感觉自己就像童话里漂亮的公主。

树林里飘来一阵悠扬的歌声，那是对面草湾里的放牛娃开始唱歌了。姐姐开始和他们对山歌。姐姐的歌喉清脆而嘹亮，尤其是那首《妈妈的吻》，唱得深情而悠扬，对面的放牛娃都欢呼着为她喝彩。

忽然，天空中飞过一架飞机。姐姐说我们要赶快藏起来，因为我刚才给“四毛”摘槐树叶时不小心折断一根树枝，而飞机正是来“巡逻”的，如果看到我破坏的树枝，一定会把我抓走的。我被姐姐的话吓得胆战心惊，撒腿就往树林深处跑。我那时还没有上学，觉得姐姐懂得多，几乎相信她说的每句话。飞机过去了，没有出现什么情况。我回头看看姐姐，她满脸坏笑：原来她在“唬”我。

三

秋季，大雁南去，落叶缤纷，金黄染醉了山野。

小松鼠在林间蹦来蹦去，把寻找到的一颗颗松果储藏到树洞里，准备过冬。大人们忙着秋收，我忙着扫落叶，给羊准备冬草。大路边的杨树叶、柳树叶容易扫，但是羊偏爱吃槐树叶，所以我每天一放学就去山坡上的树林里扫落叶。

林间落满了厚厚的槐树叶，除了枯草有点纠缠，落叶扫起来还算轻松。我把树叶扫成一堆一堆，然后又一包一包背回家。记忆中扫落叶的日子没有累的感觉，只有快乐。我一边扫，一边哼着小曲儿，时而会和林间的小松鼠面面相觑。抬头望望，一片片落叶在空中打着旋儿，像一只只翩翩飞舞的蝴蝶，时而落在我的头上、脸上、衣角上。我感觉自己也变成了林中的一棵树，一棵挂满落叶的小树。

忽然，一只兔子在林间蹿过，我马上由静止不动的小树变成了快速奔跑的猎手，扔下扫把，飞速去追兔子。费了很大的劲儿还是没追到，兔子跑到山上去了。

回到家，我把抓兔子的事告诉了弟弟，他说他一定能抓到兔子，并央求我带他去。我知道他肯定追不上兔子，他只是太渴望拥有一只兔子了。

我带弟弟来到林间，告诉他发现兔子的地方，他就坐在那儿等兔子路过。我扫着落叶，弟弟静静地等着兔子，还不时地问我兔子怎么还不来，那神态俨然是现实版的“守株待兔”。

弟弟没发现兔子，却有别的发现，他在树林的一角瞅到了一个洞。我们蹑手蹑脚走到洞口，那是一个拱形的山洞，里面空着。后来听父亲说，以前那个山头上有一个打谷场，那个洞是专门用来储存糠皮的。这下好了，我每天不用往家跑那么多趟了，我把周围的落叶扫成堆，然后全部放进那个小山洞。农闲时再和大人一起拿回家。

那个秋天，我扫的落叶装了满满的一山洞，父亲说羊一个冬天吃的草都足够了。

秋收结束后，根据羊吃草的进度，我们把放在山洞里的落叶一包一包拿回家。父亲在前面背大包，我在后面背小包。父亲时而回头看看我，乐呵呵地说我酸眉楚眼，像只猴子。我知道，那是不善言辞的父亲表达父爱的一种方式。

回到家，父亲把树叶拿给羊吃，我看到“四毛”吃得津津有味，心里美滋滋的。

四

冬季，北方多风。大风过后，树林里落了一些枯树枝。村里的孩子们带上箩筐、麻袋、绳子，争先恐后地跑向林间拾柴。

孩子们拾柴大多是自家做饭用的，这样可以节省一些买炭的钱。有的孩子也会把柴送给村里的一些孤寡老人，他们最喜欢那些干柴火了。当然，我们拾的柴还有一部分是交给学校的。那时学校教室里冬天靠生火炉取暖，需要学生轮流拿柴生火，而槐树枝便是最好烧的柴火了。

我们拾柴还有一个特殊的目的，便是“玩野火”。每年冬天，我们在河里或坝滩滑冰，有时不小心弄湿了鞋子，就不敢回家。大家便去附近的槐树林里捡些柴火，在山坡上生堆火，一边取暖，一边把湿漉漉的鞋子烘干。有些倒霉的家伙疏忽大意，竟然把鞋子和衣服燎破了，回家是要挨训的。庆幸，记忆中我一次也没把鞋子和衣服烧破过。

在“玩野火”时，村里有几个野蛮的男孩子，捉了麻雀，掏了内脏，在河边的冰水里淘洗干净，裹上泥，放在火堆上烤着吃。听说很美味，但是那些孩子被老师罚站了很久。后来，村里再没有孩子敢那么伤害麻雀了，槐树枝烤麻雀也就成了孩子口中的一种传说了。

童年的冬天一点儿也不冷，因为我们在林间拾了好多柴火，现在想起来心里都暖烘烘的。

一阵风吹过，淡淡的槐花香飘进了窗户，我飘远的思绪被牵回。望着窗外漫山遍野的槐花，我又一次沉醉在那些林间往事。

读信

从前，书信很慢，思念很长。

我儿时住在外婆家的那几年，有一件事印象特别深刻，那就是读信。

有个舅舅常年出门在外，外婆外爷很是想念。那时通讯不发达，村里唯一的通讯方式就是书信。

那时乡上每五天有一次集市，外爷每次都会拄着拐杖去赶集。除了卖几颗鸡蛋，置办点儿生活必需品，外爷赶集很重要的一件事就是去邮局，看看有没有舅舅的来信。

邮递员翻遍信件，说没有。外爷说："你试着再看看，兴许有。"邮递员像证明清白似的再翻一遍，依然没有。"这下相信了吧，真没有。"

外爷抱歉地道谢，拄着拐杖，迈着蹒跚的步子，一步三回头地离开，似乎还是觉得信可能在哪儿被漏掉了。

如果有舅舅的信，他就会把它像宝贝似的装进衣兜里，再坐着把袋口用针线缝几针，然后回家。他一路上见人就说：“宽娃来信了！”他把这一好消息洒了一路，一直到家门口。

一进家门，外爷就让外婆赶快去叫读信的人。外婆拿起拐杖，三步并成两步走，急匆匆地去找那个识字的医生。

外婆外爷常年身体不好，那个医生经常背个医箱来给他们看病，关系自然熟络，也经常帮他们读信。

医生来了，展开信一字一句地读着，外婆外爷在跟前侧耳倾听着。舅舅很孝敬，即使外面有几分不如意，也总是说什么都好，问候二老身体好。听到这简单的问候语，外婆外爷几乎每次都会老泪纵横。

医生读完信走了，外婆外爷小心翼翼地把信收起来，锁在箱子里。

有时等不到天亮，外婆就会又在煤油灯下翻出信。她不识字，但能认一个字就读一个字，并一遍遍地抚摸着信上的一行行字，就像抚摸到了舅舅一样，默默感受着他的气息。

有时外爷也努力用认识的为数不多的字给外婆读信，半夜两位老人读到泣不成声。

有时想到信件中有歧义的地方，天一亮，外婆就又去叫那个医生来“看病”，顺便再读一遍信。其实意不在看病，在读信。

那个医生慢悠悠的，不厌其烦地再读一遍，并耐心地解释他们觉得有歧义的地方。这下二老才又安心一阵子。

外婆家门前有棵红枣树，村里的孩子上学路过树下。有些调皮贪嘴的男孩子不时扔石子敲打上面的枣子。时而被外爷逮着一个，他笑眯眯地把那孩子带回屋里。那孩子红着脸，有点儿摸不着头，不知道接下来会受到什么惩罚。

原来外爷只是“罚”他帮忙读一遍舅舅的信。那孩子顿时松了一口气，把信声情并茂地读一遍，然后拿着外爷给他的枣子飞奔而去。

就这样，信读了一遍又一遍。医生读，外爷读，外婆读，偷枣子的学生读，最后信纸都被读薄了。直到下一封信来，这封信才会收起来。然后，又一遍一遍地读下一封。

直到有一天，硷畔上传来舅舅的一声：“妈——”

那棵树

每次回老家，我都习惯对山坡上的那棵树仔细端详一番。当年的那个小树杈还在，似乎没有生长的迹象，如同我对那棵树的记忆一般，停滞在了二十多年前的那个下午。

那是春天里的一天，我越过小河，爬上了对面的那个山坡。那里长满青草，零星长了几棵柳树。表哥正在山坡的另一头放羊，我远远地跟他打了个招呼，哼着小曲爬上了一棵树。

我那时最擅长的事除了拔草喂羊，就是爬树折柳，简直敏捷如猴，三下五除二就爬到了树梢。

我站在树上，望着村庄，唱起了歌。姐姐正在院子里给羊喂食，她从来不会爬树，我在她面前有几分骄傲。我在树上大声呼唤着姐姐，宣示自己爬树的本领。姐姐自嘲般地哈哈大笑，回应着我。

一会儿，姐姐回屋了，我似乎也没有了兴致，打算从树上溜下来回家。可是，时间就在那一刻凝固，一场灾难降临了。我下树的时候，手去抓树杈却抓空了，从树上摔了下来。然后，记忆就消失了。我昏迷了。

后来听表哥说，我当时从树上摔下来的时候，发出很大的声响。他在附近放羊听见了，火速跑过去把我抱回家。我当时脸色煞白煞白……他说得绘声绘色，似乎带着几分夸张，但我对他充满感激。

等我醒来的时候，已经到了自家的炕上。一家人都围在我身边，特别焦急，爸爸正用燃烧的酒精在我腿上擦拭。我感到腿上一阵剧痛，我小腿上的骨头翘起来了。那一刻，我眼角流下了泪珠，不知道后面等待我的是什么。

好在爸爸是乡村医生，确认我无大碍。只是很长一段时间不能走路了。爸爸用酒精消毒后，把我腿上翘起的骨头慢慢按下去，绑了一根带子。那时候可能是山村交通闭塞，抑或是贫穷落后的原因，村里人一般的病痛，都不去医院，看村医后，慢慢等待自愈。

我开始了在家卧床养伤的日子，时光像被拉长了一样，很漫长。

爸爸妈妈出去干活儿了，姐姐她们去上学了，弟弟也跑出去玩了，只剩下我一个人在家，特别孤独。我透过窗户上的一块玻璃向外张望。看墙头走过的猫，听院前吹过的风，望天空飘过的云，瞅枝头飞过的鸟儿……那时我才知道，能正常自由行走，是一件多么幸福的事。

我那时特别希望家里有人来，陪我说说话，带来外面的一点儿讯息，或者只是带来外面的一点儿新鲜空气。

那段苦闷的日子，姐姐的戏谑也让我百听不厌。对于我从树上掉下来的事，姐姐有一个“经典”版本。她经常告诉大家，我那天爬上高高的树梢，大声唱着《十五的月亮》，向她“炫耀”着爬树的本领，高喊一声：“姐姐，你看！”可等她看过去时，就不见我人了：我掉下去了！

姐姐讲的时候，有时会笑得很夸张。当然，她知道我后来并无大碍，说这些时带着几分调侃。

虽然姐姐的描述带着几分杜撰的色彩，但给我那段孤寂的日子也平添了几分乐趣。

那年，从春天到秋天，我一直在家养伤。

有一天早晨，爸爸在硷畔上杀了一只大公鸡，那公鸡长了特别漂亮的羽毛。我害怕村里放学回来的孩子们顺路把羽毛捡走，所以就穿紧鞋子，鼓足勇气，奇迹般地站起来走到了羽毛跟前。

原来心有所往是如此重要，它可以让你勇敢地站起来行走。那天弟弟带着我走了很多路，失而复得的行走能力，让我欣喜万分。

后来，腿伤完全好了。我时常望着那棵树，望着它就会想起那段受伤的日子。

那棵树，承载了一段岁月，也记载了我的一段伤痛。它像一块警示牌一样立在那里，时时提醒我，行稳致远，不再摔跤。

储存的记忆

小时候，我对家里的那个储物间情有独钟，仿佛那里有我开采不完的“宝藏”。尽管那里比较阴凉，但我一点儿都不怕冷，经常一个人偷偷潜入那个“重地”窃取“宝藏”，简直是乐此不倦。

一

最初，我去那个储物间是因为嘴馋。

那时家里没有冰箱，母亲平时会把一些好吃的东西放在储物间，因为那里东西可以放得久一些。我像一只老鼠一样，经常会趁人不注意潜入储物间偷吃母亲的“家底”。不过，我好像从来没有被母亲发现过，也从来没有因偷吃而受到惩罚，那里有关吃的记忆都是快乐的。

每到快过年的时候，家里都会做洋芋丸子、酥鸡块、油馍馍、黄馍馍等好吃的东西。这些东西做好之后，母亲就将其放进阴凉的储物间。我那时最爱吃的就是丸子和酥鸡块，尤其是刚从储物间拿出来带着冰屑的那种。那时二姐的嘴角长有一颗痣，大家都说那是贪吃的标志，但谁都不知道，嘴角并不长痣的我，其实比二姐更喜欢偷吃储物间的东西，她只是徒有虚名而已。

那时候我太留恋储物间那些带着冰屑的美食了，现在想起来都垂涎欲滴。可惜同样的东西，现在再也吃不出当年的味道。

二

后来，那个储物间吸引我的不光是那些好吃的，还有其他东西。

父亲是乡村医生，在储物间的一个柜子里，珍存了一些医书。我看得不太懂，但还是会经常翻阅，并特意记住当地生长的几种药材的名字。在山上给羊拔草的时候，我就会给同伴们讲哪些草可以入药，哪些草有毒，他们听得很入神。因为我的这点儿“学问”，同伴们对我有了几分敬意。为此，我深感自豪。

最惊心动魄的是，我偶尔会偷窥医书上有关身体的一些小秘密，但是从不向外人透露。其实，真正难以启齿的事不是这一件。

那时，父亲会定期去乡镇卫生院领一些糖丸回来放在储物间，那是预防儿童疾病的疫苗。可我却把它们当成了好吃的“糖豆豆”，过几天就会偷偷吃一粒，直到父亲给村里的小孩儿发完为止。有一次，因为我的偷吃，糖丸不够发了，父亲只好专程去乡上再申领一回。但我始终没敢作声，只是在心里暗暗自责。

后来听说那种糖丸隔月才能服一粒，可我在短时间内吃了好几粒，有段时间我很是担心，幸好最后没事。我后来身体特别健康，是否是因为偷吃过那么多糖丸疫苗预防了百病，不得而知，因为我从来不敢把这事说出来和父亲他们探讨。

三

在母亲的那个箱子里，我翻到了几张老照片，是父亲和母亲年轻时的照片。母亲穿着红红的棉袄，扎着长长的麻花辫，典型的陕北俊媳妇模样；父亲戴着配有红五星的帽子，衣着整洁，眼睛炯炯有神，英俊的青年形象。

在母亲的箱底，有一个用红绸缎包起来的镯子，被母亲藏得很是严实。关于那个镯子，是有一段陈年往事的。

母亲小时候家里特别穷，外爷当时为了换几斗米，在母亲九岁时就给她定了娃娃亲。为此，无奈的外婆对母亲深感歉疚，后来就把她唯一的珍藏物——一个手镯，送给了母亲。母亲每每拿起它，都会沉默良久。母亲说，她一定不会做对不起孩子的事，即使吞糠咽菜也要把我们养大成人，供我们读书上学。

四

随着我们一天天地长大，我的三个姐姐在储物间也有了属于自己的小箱子，我慢慢开始“窥视”她们藏在那里的小秘密。

大姐没有小秘密，只有一个大秘密。她上初中时，已经开始恋爱了。在那年月，学生早恋是被严厉遏制的。所以，大姐几乎不敢留一点儿蛛丝马迹在家里，但只有一个小本子例外。那是一个暑假她和那个男生偷偷在河边见面时，他送给她的。我是“目击人”。

出于好奇心理，我始终想知道那个小本子里到底藏着什么小秘密。有次意外发现，姐姐把那个小本子藏在储物间的衣箱里。也许是那男生比较聪明，知道它可能会落入“恶人”之手，用的语言只有他和姐姐能懂，我能看懂的只有后半部分，写了满满的情歌，其中有两首歌我现在还记得——《纤夫的爱》和《大花轿》。姐姐每次一个人偷偷读完那个小本子，脸上都洋溢着甜蜜的笑容。

五

在二姐的箱子里，我听到了美妙的音乐，那是一张贺卡上的音乐装置发出的。尽管直到现在我都不知道那是什么音乐，但在我的记忆中，那音乐听起来给人一种无法言说的向往。听说那张贺卡是班里的一个男生送的。二姐说，那男生不仅学习成绩好，而且人也长得帅，还经常对她暗送秋波。为此，她常常沾沾自喜。尽管贺卡上只是几句简单的祝福语，可二姐读了又读。每每望着贺卡，她都是一副充满憧憬的样子。

二姐是典型的气质型美女，戴一副眼镜，看起来特别文静，实则能歌善舞，在同学当中很受欢迎。不过，那时候我觉得她特别“花心”，一会儿说这个男生是她心目中的白马王子，一会儿又说那个男生也是她的偶像，似乎有点儿“博爱”。

虽然家境贫困，生活条件比不上其他同学，但二姐一向乐观开朗，朝气蓬勃，在她那里能读到很多快乐和美好的向往。

二姐特别爱美，不知从什么时候起，她的箱子里多了一件红色的夹克，在家时她不敢穿，就藏在箱子里。后来才知道，那是她把几个星期的伙食费攒起来买的，生怕母亲知道。她虽然脸瘦了一些，但笑得却像花儿一样。她就是如此，为美而不畏吃点儿苦头。

在二姐的箱子里，我还读到了一种东西，即对文字的热爱。她箱子里珍藏着一些文学刊物，像珍宝似的不让我们乱动，但我还是经常在那里偷阅。那时我在读小学，虽然不知道“徘徊”是什么意思，不知道“轶事”又是什么，但我却在那里读懂了父亲那双布满厚茧的手，读懂了母亲头上日渐增多的白发，读懂了村口那棵老树的沧桑。

就是从那时起，我爱上了文字，开始书写山间的一草一木，书写我艰苦而充满乐趣的童年。

六

如果说，在二姐那里我读到的是希望和憧憬，那么在三姐那里，我读到的是辛酸和绝望。每次打开三姐的那个日记本，我的心就回到了黑夜。

三姐刚上五年级不到两个月就辍学了，原因是学校校区离家远，需要住校。她有次在去学校的路上把干粮掉进了河里，在学校挨饿一个星期，加之想家和头痛，她就产生了退学的念头。

和三姐一起长大的一个同村女孩儿琴在城里打工，她每次回老家都会津津乐道地渲染城市生活的多彩。受琴的影响，三姐开始向往城市生活。她打算退学后去城里找舅舅，托他帮忙在城里找个保姆的活儿，一来体验她梦想的城市生活，二来打算挣点儿钱，给父母减轻负担。三姐辍学，父母也没有过多地劝说她重返学校，因为那时供六个孩子上学，父母实在有些力不从心。

三姐去县城不久，又回到了家乡。回来后，她变得有些愤世嫉俗。听说她去城里后受到了冷待，舅舅不同意她当保姆，说了一些打击她的话，最后给了她一包旧衣服和路费，把她打发回了老家。

从此，她整天和山风为伴，与父母一起干农活儿，皮肤变得粗糙、发黑，手上有了不少茧子与裂口。一段时间后，大概是校外生活的新鲜劲儿过去了，她开始后悔辍学，但嘴上从来没有向父母说过，是她的性格使然。父母怎能不懂孩子的心思，但他们只能在深夜发出长长的叹息。

后来，三姐的性格开始变得孤僻倔强，经常顶撞父母，有时会使劲撕箱子里保存下来的书本。有一个夜晚，三姐使劲撕书的行为激怒了父亲，一个重重的巴掌落在了她的脸上。记得那是一个月夜，三姐坐在院前的磨盘上，泪珠唰唰地往下流，时而又变得异常的冷静。我不知道如何去安慰她，只能默默地陪着她掉眼泪。

到了深夜，三姐回到屋里，木木地坐在窗前的那个旧沙发上发呆，月光静静地洒在她的脸上，透着死寂般的绝望。

那晚以后，三姐开始不停地写日记，把自己的心事写进了那小小的日记本。也就是从那时起，她放在储物间箱子里的日记本，成了我每天“偷读”的对象。在那小小的日记本里，我读到了一个失学儿童对重返校园的渴望，读到了一个孩子希望破灭后的那种绝望和悲怆。

每次读完日记，我都会偷偷抹眼泪。但是，我那时对三姐爱莫能助。我只能发奋读书，决心把三姐在校园失去的东西双倍赢回来，返还给她。

七

在储物间，我没有属于自己的小箱子，只有几包干苦菜。小时候外婆经常给我们讲他们当年是如何度过饥荒岁月的，她讲那些事的初衷应该是想教育我们学会勤俭节约。但我害怕那些苦日子会真的降临，产生了居安思危的心理。

秋夏季节，我一有时间就去山里拔苦菜，背回家拣好晾干，然后装进麻袋里，一包一包地放在储物间里，准备应对饥荒。不过一直到了第二年春天，外婆讲的饥荒依然没有发生，母亲把我珍藏的那几包干苦菜拿去喂了羊。我内心有些不舍，但还是庆幸饥荒没有来。

八

在储物间的粮仓缝隙里，我经常能看到两个弟弟的棍棍枪、火柴盒、陀螺等，反正大人不让他们玩的东西，都会藏在那里。弟弟有时会偷偷看我在里面干什么，通过多次“侦查”，发现我对他们的那些玩意儿丝毫不感兴趣，才吹着口哨，大摇大摆地放心玩去了。

现在，家里盖了新房，也买了冰箱，那个储物间已经不复存在了。但储存在那里的味道还在，珍藏在那里的记忆历久弥新，源于那里的责任一直鞭策着我前行。

在路上

早上起床有点儿迟，我本来打算煮包方便面当早餐，但老公说那没营养，还是去外面吃吧。我放下手中的方便面，匆匆出了门。

可一路上我一直惦记着方便面的事。方便面是没有多少营养，但我却曾经把它当作珍贵的“营养品”，甚至是“奢侈品”。如今，也许我们常常为一些大事而纠结，可我却曾经为一包七毛钱的方便面而深深纠结过。

上初中时，学校一个星期吃两顿馒头，一人一顿分一个，其他时间都是小米饭。为了不挨饿，我们每个星期从家里带一小瓶咸菜和一些杂粮干馍片，来充当干粮。除了学校的正常缴费，我平时身上基本不带零用钱，因为家里兄弟姐妹多，生活非常拮据。我的干馍片带的也少，因为每个星期我和两个弟弟同时拿干粮，而家里买一袋面相当困难。父母平时都舍不得吃白面，节省下来兑些米面给我们蒸干粮，他们吃的都是窝窝头。

我那时学习特别刻苦，学习成绩也特别好，几乎每次考试都是年级第一。当然，我比别人要付出很多，也吃过太多的苦。

我每天学到很晚才睡，总是饥肠辘辘，吃点儿干粮吧，可看看仅有的几片干馍，担心坚持不到星期五，只好用意志抵抗饥饿。特别饿的时候，我就站在校园里望着星空转移注意力，或者喝口水以减轻饥饿感。

尽管我用意志力克服了一个又一个饥饿难耐的日子，但有一次纠结，让我终生难忘。

那是期中考试的前一天，我在紧张地复习功课。

年级第一，那时仿佛就是我奋斗的全部。似乎只有拿到年级第一，我才无愧于为供我们上学而吃尽苦头的父母，才能不辜负老师对我的期望。每次考试前，我都要把各学科课本认真看一遍——这种复习方法被我珍视为每次考第一的“备战秘诀”。

可那天下午，我头疼得学不进去，两鬓抽痛。那是用脑过度，营养跟不上所致。

带来的干粮吃完了，我身上只有一元钱——那是母亲让我买菜籽的一元钱。同宿舍的同学都去买零食吃，可我攥着手里的一元钱，陷入一种深深的纠结。

花掉一元钱买包方便面吃，然后继续看书争取考第一？我不能辜负老师和父母的厚望。不行！这一元钱，我星期五回去的时候要给家里买菜籽，母亲等着种菜呢，不能花掉！可是如果不吃点儿东西，就无法学习。还是买包方便面吧，可是……

我把书拿起，放下，拿起，放下……饥饿又头痛难忍，而思想一直在作剧烈斗争。纠结了好久，我终于做出了选择：花掉那一元钱，买包方便面吃，继续学习！

就是那次考试，我以七门课平均 96.5 分的成绩打破了学校的历史纪录，其中数学、英语、政治都是满分。我的成绩顿时轰动了全校，我被老师和同学赞誉为奇才。

但就在那一次，我第一次流下了辛酸的泪水！为了那次考试，为了吃一包方便面，我曾深深纠结！而且要对自己的母亲撒谎，我内心深受煎熬。

我依然清晰地记得那个星期五。

平时从不开口向同学借钱的我，破例向同宿舍的一个同学借钱。但到星期五的时候，同学的零用钱也都用完了，我没借到。自尊心极强的我再没跟其他同学开口，没买菜籽就回了家。

学校离家二十里路，可那一个个坡，仿佛是被拉直了的那种陡。我骑着那辆有十几年历史的军绿色自行车，记忆中是那么笨重。也可能是因为太饿，我感觉回家的路是那么漫长。

在路上，我无数次设想回家怎么面对父母，如何解释那一元钱的事。

回到家，母亲等着出去种菜。我犹豫了半天，吞吞吐吐地说那一元钱给学校缴费了，没买菜籽。母亲说那就下周再买，种菜迟几天也行。

那天夜里，我辗转反侧，为自己花掉那一元钱而说谎的事深感不安。

第二天，我鼓足勇气把实情告诉了母亲。母亲平静地说，其实她当时就从我脸上看出来了，但她相信我撒谎是有原因的，因为她深知自己的孩子平时有多懂事。

顿时，我泪如涌泉，多日的委屈与压抑在那一刻释放。

母亲说："孩子，让你受苦了!人常说寒门出贵子，相信你以后会有出息的。"

我抬起头，看到母亲眼里噙着晶莹的泪花。

那一刻，我下定决心，一定要好好读书，改变命运，让父母过上好日子。我坚信：吃得苦中苦，方为人上人。

后来，家里也经常因学费的事而深受煎熬。每当纠结之时，我经常会一口气爬上学校后面的那座山。登高远望，那条蜿蜒的山路弯弯曲曲，一直伸向远方。

我知道，一直沿着那条路向前走，就能走出大山。在无数次的纠结徘徊之后，我毅然选择了远方，选择了继续前行。

风雨之后终于见到了彩虹。几年后，我们姐弟五个先后都考上了大学，走出了大山，国家的“绿色通道”向我们敞开。我们终于走完了那段崎岖不平的山路，度过了那段丝毫没有被渲染过的艰苦岁月。

如今，我已成家立业，有了属于自己的房子和车子。我的几个兄弟姐妹都凭着自己的努力相继考进了事业单位。周围人每每说起，都会为一个农民家庭考出五个大学生而赞叹不已，父母脸上满是欣慰的笑容。

但是，我永远不会忘记那些刻骨铭心的纠结，我永远不会忘记那些艰苦的岁月。一路走来，正是那些辛酸的纠结和那些艰苦的岁月给了我前行的动力，塑造了我刚毅的性格，让我勇往直前。

纠结之后，继续前行，梦依然在路上。

一颗青苹果

中秋节，有人送了几颗苹果，其中有一颗又大又红，被她珍藏了起来。那天拿出来看看，还是那样的晶莹剔透，散发着淡淡的果香。望着眼前的那颗红苹果，她想起了曾经的一颗青苹果，味道是苦涩的。

那年，经过高中三年的寒窗苦读，她终于考上了大学，全身心地放松，去了好多地方。不过，她做过内心最放肆的事是把上学时每天走过的那条巷子，又走了一遍又一遍。但是，内心全是失落，她再也没有与他在那条巷子不期而遇。

他是全校女生心目中的篮球王子，阳光帅气，有不少女生围着他转。不过，他是那种特不爱学习的男生。用当时的话说，就是人帅得一塌糊涂，学习成绩也是一塌糊涂。而她则是那种“一心只读圣经书，两耳不闻窗外事”的女生。她从小在农村上学，上高中是第一次进城，性格内向，和别人说句话就脸红，是典型的“丑小鸭”。他们的生活没有交集，也不会注意到彼此，全然是陌路人。

就这样，他们互不相干地忙着自己的高中生活。直到高二后半年，文理分科，她被分在了他的班，和他成了同桌。

她刚来到座位上，听到他深深叹了口气。肯定是想着能来个漂亮的女同桌，没想到来了只“丑小鸭”，失望至极了吧？从听到那声叹息开始，她从内心就和他“杠”上了。

她没理他，坐下来开始上课。不争气，她的课本没带，只能和他看一本。他把书放到中间，两个人谁都不说话，有点别扭。

第一节课下了，他飞奔出了教室。这时，坐在前面的一个女生来到她座位边，给了她一张纸条，传给他的。果然是这种人！她那时对校园早恋简直是嫉恶如仇，认为专心学习才是正道。后来知道，那张纸条其实不是什么情书，是因为他不情愿地被分在理科班，情绪低落，以前的同桌写纸条来安慰他。原来那叹息不是为她而发。但是，不知道为什么，他们和邻桌的同学都特能说，就是不和同桌说话。她如是，他也是。

就这样一个多月过去了，他们没说过一句话。直到有一天，英语老师在上课前讲道：“这次月考，咱们班有位同学的答题卡得了满分， 90 个单项选择题一个都没有错！整个年级的阅卷老师都赞叹不已，这位同学叫×××，可以站起来让大家认识一下吗？”哇噻，果然是她！狂喜！但是，要谦虚点嘛！她没好意思马上站起来。

“在这里！”他“嗖”地一下站起来，把手举得高高的。

全班同学的目光“唰”地看过来，然后，哄堂大笑。因为，他的学习成绩常排在班里后五名，尤其是对英语一窍不通，答题卡得满分的人会是他？简直是笑话！

“同桌，你站起来嘛！”他拉了她一把。就这样，班里的同学认识了她，同桌也和她说了第一句话。

她那时学习成绩比较好，一般是考前思想负担超重，埋头学习。一进考场，那兴奋劲儿不知从哪儿来，状态超好。而他，恰恰相反，平时比谁都潇洒，尤其是在篮球场上，真可谓如鱼得水，如骏马奔驰，女生的喝彩声全是为他而起。但是，一到考试，却像霜打了的茄子，整个人都蔫了。

可自从他俩成了同桌，他的成绩“突飞猛进”，从以前的八十多名径直“进步”到了前三十名。他一脸的得意，把以前与他“为伍”的兄弟们嘲弄得稀里哗啦。再也没听到老师批评他，不过老师也没有因为“进步”而表扬他，因为大家都知道他“进步”的原因。他每次考试都抄她的，可她似乎都察觉不到。不知是她考试太专心，还是他长了“火眼金睛”，抄小抄技术高超，反正他从来没有要她的试卷抄过，她也从未有意让他抄。所以，他也不领她的“情”，两个人仍然保持沉默，彼此还是不说话。

不过，他们每次放学回家，都会不约而同地走同一条巷子，并且每次距离都保持得不远不近。彼此只是频频相望，从不打招呼。

高三快毕业了，班主任按名次重新给同学们排了座次。在她的“提携”下，他也排在了前面，但他们从此不再是同桌。三个多月的同桌生涯，他们说过的话似乎没超过三句，一直都在沉默中度过。不过，他俩彼此仿佛习惯了这种相处方式。不坐同桌了，突然感觉有些不习惯，好像缺了什么东西。他习惯回头朝她那里望，她仿佛也变得有几分敏感，会留意他的每一次回头。但彼此依然不说话，只有目光的交流。

他慢慢变得安静了许多，学习也用功了不少，经常会在周末或晚自习以后坐在教室里自修，似乎追随着她的节奏。她的座位靠窗户，每次课间活动期间，他都会背对窗户站在教室外面靠近她课桌的地方，望着外面来来往往的人群。但是，她桌子上轻轻的响动，似乎他都能察觉到。随着那一丝丝响动，他频频回头看。在那个青涩的时代，她愿意偷偷把这理解成一种依恋和守候。

那时，他们共同爱上了一首歌——《窗外》。在那年元旦联欢会上，他深情演唱了这首歌，似乎是专门唱给她的。她激动得心潮澎湃。

到高三自由复习阶段了，他选择回家复习，再很少能见到。有时，他会来教室坐坐，虽然桌兜里一本书也没有了，他依然会静静坐在那里，时而回头望着她。

在他灼灼目光的注视下，她感觉自己心中的桃花儿在徐徐绽放，那大概就叫情窦初开吧！

她每天下午都会去篮球场，寻觅着他的身影。看到他在，她会激动万分，回到教室魂不守舍；如果看不到他，她顿时会变得心灰意冷，没有心思看书。在高三争分夺秒的复习阶段，她为自己捏了一把汗，这样走神儿，大学能考上吗！

那次月考，她的成绩一落千丈。老师找她谈话，问她是不是遇到了什么困难？她心如明镜，可那是一个不能说的秘密。

想想家人的期望，想想自己对未来的美好憧憬，她靠着毅力，战胜了自我，开始专心学习。她的成绩终于突飞猛进，又回到了原位。只是，每次放学回家，那条巷子依然走得那么用心。她每次从那条巷子经过，都能恰巧遇见他出门往学校篮球场走。但是，每次迎面相遇，都不说话，有时欲言又止，更多的是目光交流。那时，她喜欢上了戴望舒的那首诗——《雨巷》。

迎接高考那段煎熬的日子终于过去了，她考上了，他落榜了，似乎一切都在意料之中。

她开始狂欢，但他很失落。那条巷子，她走过无数遍，只是再也没有见到他。

他家就在那条巷子的不远处，她无数次地专门路过他家门口，但是，始终没有勇气推开那扇门，只有在梦里偶尔推开过。那段时间她写过一首青涩的小诗，叫《路过》：

那天
我偶然路过
看到你站在那里

后来
我专门路过
没有看到你在那里

今天
我站在这里
静静地等你路过

一直到她上大学离开家乡，都没有见到他。她拉着行李箱，出发了。这一走就是半年，想象中似乎更漫长。一路上，她很期盼他能突然出现。也很巧，她在路上遇见了他的母亲。她在摆水果摊，听说他们是同学，很热情，拿了几个苹果，硬往她包里塞。盛情难却，她有意识地挑了其中一个，那是一个青苹果。

她就那样走了，只带了一颗青苹果。在车站，影视作品中离别的一幕没有在现实中上演，任凭赵薇那首《离别的车站》在耳边深情回荡。

上了火车，座位靠窗，她一直望着窗外。但是，始终没有期盼中的身影出现。

走进大学校园，感觉一切都是那么新鲜。学校在一座山城里，美丽而安静。她四年的大学生活将在那个美丽的校园度过。

她时常一个人背着双肩包，静静走在校园的每一个角落。那时正值深秋，她沿着那条伸向远方的石径，一直往前走。沿途火红的枫树林，像浓浓的思念，绵延不绝。

“远上寒山石径斜，白云生处有人家”，她正在步入这样的诗境。走到半山腰，回头望，深秋的气息把她淹没。找一个台阶，坐下来，拿出包里的那颗苹果，双手捧在脸上，用鼻子嗅嗅，那青涩的味道，让她沉醉。她时常一个人，沉浸其中，苦涩中带着甜蜜。

摊开信纸，给远方的他写信。信长长的，每封都超过十页，可每次写了都没寄出去，也不知寄往哪里，不知他身在何处。所有的信件和那颗青苹果都放在一起，锁进衣柜里。

苹果锁起来，心也上了锁。那时刚开始流行 QQ，她申请了一个号，网名叫“沉默”：为他而选择沉默，一直等到他出现。最初，她一个 QQ 好友都不加，只等待他，痴痴的，傻傻的。在 QQ 上输入他的名字，寻找。后来，她加了很多与他名字相同的好友，但就是没有找到他。

就这样，一年多过去了，直到一个网名也叫“沉默”的男孩儿出现，才修改了她的网名，她不再“沉默”，她变成了“在水一方”。

打开锁，拿出珍藏的苹果，发现有一半已经腐烂。她坚持吃掉了另外一半，那味道是苦涩的。

若干年后，她已结婚生子。有天在一个酒店门口，她看到了他结婚的海报。她不禁念出声来，站在身边的老公问她：“你们认识？”

嗯，认识，是同学，是几乎没有说过话的同学。

后来，他开了一家水果超市，那里有成堆的苹果。她每天上下班都要路过那里，但从不向里面张望。每次路过，她都有意识地昂着头，以一副高傲的姿态从那里走过。仿佛不摆出这样的姿态，就要输掉什么。

那段青涩的往事，就这样告一段落。

她听着张韶涵的那首《亲爱的那不是爱情》，读着那篇《他那样看过我》的文字，为这段往事收尾。

那几株青莲

我是一个喜欢攀登的人，爬过很多次山，但印象最深的是上大二时的那一次。

我们的大学坐落在一个大山脚下，那座山很高很大，山上长满了树，树林里有座大庙，山顶上有座小庙。有关那两座庙有很多传说，听说大庙里住着和尚，小庙里住着尼姑。但是，我从来没看到上山或下山的尼姑与和尚，觉得那山充满了神秘感。

山下的校园绿树环绕，花香四溢，我时常穿梭在林间和花丛中，散步，看书，摄影。当时校园里有一种很流行的说法，就是去爬那座山，去山顶看一下那里的尼姑，感受一下世外生活。不过，大家都建议去的时候要结伴而行，最好有男生陪同。闲暇时候，我偶尔也有过爬那座山的念头，但是山太高，林太密，听说山里还有野猪和狐狸出没，所以望而却步。只是有时候调侃，哪天失恋了一定要去爬那座山。

在上大二时的那个夏天，有好多人决定考研，有一些东西需要割舍。我忽然想去爬那座山，想体验一下那里的静谧，把一些东西割舍在那座茂密的山林里。没有带男生，和一个女闺蜜同行。

清晨，我们踏着朝露，背着水壶，兴致勃勃地出发了，一路上对那座山充满了向往。山林不像传说中那么密，不过坡度比看起来要陡。爬到山腰向下望，整个大学校园就像一座小院落，教学楼被淹没在林海中，只有一个个小角落若隐若现。向周围望望，真有一览众山小的超越感。

快到山顶了，我们坐在林间的那条石阶上小憩。我们一边吃干粮，一边无拘无束地畅谈着人生，兴致很高，简直有点儿高谈阔论，仿佛一切观点都在那里得到了浓缩和升华。即将到达山顶的那种兴奋无以言表。

我们先到的大庙，大门外面有个莲花池，很醒目。池里的几朵莲花开得正盛，记忆中那莲花没有浓密的叶子，花开得很大，白里透粉，有种超凡脱俗之感。

我们走到大门前，门开着，院里有几个和尚正用连枷打着豆子。我们敲门进去，他们没有理睬，甚至连看都没看一眼，简直是视而不见。突然，有一只狗蹿出来，朝着我们吠叫，一步步逼近，看起来很凶恶。我们尖叫着向那几个和尚求助，天知道，我是最害怕狗的。但他们若无其事地干着手中的活儿，没有丝毫的反应，一片漠然。

终于，有个老和尚放下手中的簸箕，走过来，口中念念有词。我们从他的话中得知，女施主穿着短袖是不能进来的，便赶快退出了那个院子。

回头看看那几株青莲，再没有半点儿留恋。突然，觉得那些花儿开得很枯燥，枯燥得有些沉闷。那一刻，唯一的想法就是逃离。

我们一路快跑下山，在途中遇见了一个小和尚和我们擦肩而过，我们下山，他上山。那小和尚与电视剧中看到的一样，一身灰布衣，白布裹脚，背着个筐子往山上走。

下山后，我长长舒了一口气，感觉山下的世界真好。忽然觉得这个随时可以穿衣裙，到处充满温情的尘世真好！这五彩缤纷的尘世，才是我们生活的真正归宿。

那次爬山后，我病了一场，也不知是否是因为在深山老林里受了寒。不再探究。

从那以后，我对那座山再没有半点儿向往。只是偶尔还会想起那几株青莲……

他们的爱情

很早就想为他们写点儿什么，但总被琐屑的生活打断。今天，在 QQ 空间看到了她刚刚更新过的状态：“没有你，我变成了这个世界上最可怜的女人。”

我的心被深深刺中，我清晰地记得，她曾是这个世界上最幸福的女人。

一

记忆中，他们的故事开始于村东的那条小河边。

那是姐姐上高中时的一个暑假，我们去河边洗衣服，突然从坝梁上窜下来一个小伙子，跑到姐姐面前低语几句，把一个小本子偷偷塞给她。

他扭头对我真诚地笑笑，似乎在用微笑“贿赂”我——不要向父母“告密”，然后起身离开。快走远了，他还频频回头望着姐姐。

直到他的身影消失，姐姐才收回目光，迅速把那个小本子藏在裙子下面，可脸上的笑容一时无法掩饰，像一朵桃花映在水面上，随着水波一圈一圈荡漾开去。

那个小伙子就是姐姐的初恋——琼。在那个年月，学生早恋就犹如犯了弥天大罪。无论是在家里还是学校，都会被严厉“斥责”。尽管他们的恋爱是那样隐秘，我也守口如瓶，一直对家人保守着这个秘密，但还是被发现了。

老实巴交的父母亲无论如何也不能接受姐姐的这种“叛逆”行为，他们以最严厉的方式遏制姐姐的早恋。

但是，有些东西犹如石头下的小草，越是约束，它的生命力似乎就越是顽强。也许，爱情也是如此。

他们仿佛在向各种阻力挑战，一场现代版的梁祝故事在他们之间上演。

高考结束了，琼与姐姐双双落榜，似乎是因早恋受到了惩罚。失望至极的父母没让姐姐去复读，而让她留在家里种地。琼去复读了，但隔三岔五从县城赶回，给姐姐送来学习资料，恳求我父母让姐姐返校复读。

父母亲觉得正是因为琼的不断“纠缠”，姐姐才会落榜，对他反感至极。每次都会给他脸色看，有时甚至会当面摔盆子摔碗。

但无声的驱赶琼根本不在乎，指桑骂槐式的有声驱赶也不管用，他的脸皮似乎异常的厚。我们这些弟弟妹妹当然也是父母亲的忠实“拥护者”，经常会“恶狠狠”地瞅着他。他为了讨好我们，时而从家里带来杏仁、核桃、红枣之类好吃的东西。但我们仍然对他爱理不理，甚至冷言冷语相对。我们那时觉得都是因为琼，姐姐才没考上大学，都对他埋怨在心。

姐姐高考落榜，辍学在家，再加上琼的不断“骚扰”，村里人开始对我们家指指点点、说三道四。一家人为此深受煎熬，父母亲经常夜不能寐。母亲因过分郁积而病倒在床，姐姐也因此备受谴责。

不善言辞的父亲再也按捺不住心中的怒火，向琼提出严厉警告，绝不允许他再踏进我家半步，否则将会“刀斧相见”。琼好长一段时间再没有来，家里平静了很多。

然而，在一个漆黑的冬夜，消失已久的琼又出现了。他乘我和三姐出去给牲口喂夜草的时机，偷偷潜入了姐姐的房间。看来他在我家附近已“潜伏”很久了。

我们本打算去隔壁房间叫醒父母，但看到他冻得发紫的脸，顿生一丝怜悯，就默默地坐下来，等他把话说完赶快离开。

原来那是他们所在学校高三最后一个学期开学的日子，他专程从县城赶回，想做最后一次努力让姐姐返校复读。

他们一直低语到深夜，直到隔壁父母的房间传来响动，他才迅速离开。

山村的冬夜一片漆黑，马路边上那堆篝火散发出来的火光显得分外耀眼。静寂的山村里，昏天黑地，唯有一盏灯亮着，忽明忽暗，在充满胆怯地闪烁着。但就是那点微弱闪烁的光，给了那堆篝火在寒冷的冬夜持续燃烧的动力。

那堆篝火一直燃烧到黎明，姐姐一直在窗前站到天亮，那是他们的不眠之夜。

天亮了，琼出现在我家屋顶上，他以跳屋自尽来要挟我父母，以求让姐姐重返学校复读。他说，只要让姐姐返校复读，他保证和姐姐断绝一切联系，不再往来！

那一刻，琼发紫的脸庞、颤抖的嘴唇、紧张的神情，直到现在还深深地印在我的脑海中，记忆犹新。

父母坚守的阵地在琼的猛烈攻击之下一寸寸沦陷，最后终于被深深打动，答应让姐姐返校复读。

如愿以偿的琼终于露出了久违的笑容，一路狂奔，离开了我们村。

二

经过半年的复读，姐姐终于考上了大学。接到录取通知书，家里喜忧参半，喜的是功夫不负有心人，姐姐终于考上了大学，忧的是家里供我们六个孩子上学，无力凑齐那笔“昂贵”的学费。

开学将至，一家人一筹莫展。那天，琼来了。

他反复看着姐姐的录取通知书，脸上写满了兴奋和激动。那高兴劲儿无以言表，好像是他自己考上了大学，其实那年他又落榜了。

一阵沉默之后，他告诉我父母，姐姐的学费他会想办法，他要供姐姐上大学。父母亲再一次被他的深情打动，答应了他的请求。

我家这边算是同意了，然而他家那边却难以兑现他的承诺。琼的父亲已瘫痪在床多年，一个智障的哥哥不能正常行走，母亲体弱多病，几个姐姐远嫁他乡，琼是家里唯一的顶梁柱，也是家里唯一的希望。琼平时的学费，全靠他和母亲种几亩薄田维系。

如今，他又怎么能负担得起姐姐上大学的学费呢？但他没有食言。为了姐姐的学费，他苦苦哀求自己的母亲出面，向他的几个姐姐借钱，并保证以后再也不要她们帮忙，以后的学费他自己打工去挣。

他的几个姐姐都非常不理解他的做法，觉得这件事太荒唐了。自己停学打工并四处借钱供别人上大学，谁能保证四年供出的漂亮女大学生不会变心？她们说了很多难听但中肯的话。

但是琼毫不动摇，他始终坚持自己的选择。姐姐们终被他打动，答应出手相助。那个夏天，我们两家人齐心协力，终于凑齐了姐姐那年的学费。

姐姐终于上了她梦寐以求的大学，琼则去姐姐上学的那个城市打工。为了挣钱多一些，他去工地上干活儿，干那些又苦又累的活儿。

琼一边打工，一边悉心照顾着姐姐。有一次姐姐下晚自习后，看到琼站在校门口，老远就向她打招呼。琼穿着工地上的衣服，应该是一下工就急着赶来的，手上捧着一只热气腾腾的烧鸡：那是姐姐最爱吃的。姐姐接过烧鸡，看到他的手上沾满了泥土，其中一只手上裹着纱布，外面还渗着血。姐姐再三追问，才得知他白天在工地抱石头的时候砸伤了手，流了好多血。他自己只进行了简单包扎，把老板给的医药钱省下来，给姐姐买了一只烧鸡。

也许，对于其他人，对于现在的我们，一只烧鸡算不了什么，但对于那时的他们，十几元钱的烧鸡简直就是一种奢侈品。那一刻，姐姐流下了幸福而辛酸的泪水。

就这样，一年多过去了，琼已打工挣足了姐姐两年的学费。姐姐也在学校勤工俭学，让琼再次返校复读。

一年后，上苍开恩，琼终于考进了一所大学，和姐姐一样，毕业后是包分配的。琼上大学以后，我们家也竭尽全力帮衬他们。他们俩一边上学一边打工，吃尽了苦。

两年终于熬过去了，他们终于等到了毕业分配。参加工作后，他们隆重地举办了婚礼，有情人终成眷属！很多曾对他们不理解的人也都纷纷送上了祝福。他们对爱情的执着与忠贞感动了很多人，他们的爱情故事甚至成了当地的一段佳话。

三

结婚后，琼与姐姐生了两儿一女，一家人其乐融融。琼的事业节节攀升，后来晋升为县上一个司法所的所长。家里的经济条件好了，生活水平提高了，琼也算是当上领导了，但是他对姐姐永远是那般宠爱。

姐姐爱喝鱼汤，他时常在下班后买鱼回去，亲自动手煲汤。他把鱼肉有嚼头儿的全盛到姐姐和孩子碗里，然后蹲在旁边看着他们吃。对于他们觉得不好吃的鱼头之类，他吃得津津有味，时而哼着小曲看着他们，观察着他们的一颦一笑。

琼爱唱歌，喜欢给姐姐唱那首任贤齐的《心太软》，我们每每听到，都会故意捂住耳朵喊难听。但姐姐总是听得那么认真，似乎百听不厌。现在，我好想告诉他：其实你唱得真的很棒！但是再也没有机会了。

琼被查出了白血病，已到晚期。姐姐跪求医生，不管花多少钱一定要治好他。但是，医生的努力与姐姐的不断祈祷并没有挽留住他， 32 天后，琼轻唤着姐姐的名字离开了。

那一刻，医生流着泪走出抢救室，说他太想救活这位年轻人了！同病房的患者也纷纷落泪。他们那段时间目睹了这对年轻夫妻同患难共生死的情景，都备受感动。在那 32 个日日夜夜，姐姐几乎不敢合眼，生怕一眨眼琼就会永远离开。 32 天，姐姐瘦了 50 多斤，眼睛深陷，面容枯黄。琼一次次地从死亡线上挣扎过来，紧紧抓住姐姐的手，泪流满面。医生说这位年轻人太坚强了，是他见过的生命力最顽强的一名患者！琼太想留下来了，他怎么舍得丢下姐姐和孩子们。

在那 32 天里，两个人时常紧握着手，互相鼓励，一定要撑过去。他们已经约好了出院日期，说那一天他们会快快乐乐地回家，和孩子们一起继续过幸福的生活。

但是，琼没能坚持到那一天，他永远地离开了，姐姐撕心裂肺的哭声再也没能叫醒他。

按照当时的规定，死者火葬前是不能拉出医院的。姐姐凭着最后的一丝力气跪在医生面前哀求："我一定要把他拉回去！我要他回家看看孩子们……"

医生被她深深打动，扶起姐姐，破例叫了辆救护车，离开了省城。

按照当地风俗，年轻人去世后不宜进村入院。但是，在姐姐的执意要求下，所有人都让道，所有传统的规矩都破例，爱无礼俗，爱不可挡。琼又回到了自家的炕上，姐姐想让他与孩子们度过最后一晚。

琼终于“回家”了，姐姐木木地站着，意识在一点点地抽离，她昏迷过去了。醒来之后，她的第一句话就是：“谁陪着琼？他一个人躺在那里好冷！”接着又开始捶胸顿足地痛哭，“我怎么就救不活他？我怎么就救不活他……”

第二天就要出殡了，那是他们在一起的最后一夜。那一夜，姐姐默默地坐在灵堂里，一边烧纸，一边流泪，一直到天亮。

那是一个寒冬，那是入冬以来最冷的一个夜晚，北风呼呼地吹着，天空飘着大片大片的雪花。

上苍无情，天地有心，风雨都在为他们哭泣！

琼走了，永远地走了。姐姐时常瘫躺在床上，呆呆地望着墙壁，泪水源源不断地流出。好几个月，姐姐就这样木木地躺着，一动不动。

如今，琼已经离开一年了。每当夜深人静时，姐姐便会想起她心爱的琼，这种两个世界的思念是何等的痛苦，何等的绝望！

今夜，我终于用笨拙的笔法和几近白描的语言，写完了有关他们的故事。

此刻已是凌晨三点多，不知道姐姐是否还在失眠，是否又想起了她心爱的琼？我真希望她能安然入睡。

也许在梦中，他们又回到了那个夏天的小河边。

记忆飘香

清明记忆，我印象最深刻的就是童年的那些“花花叶叶”和“燕燕雀雀”，即面花。捏面花，送面花，分面花，护面花，吃面花。缕缕记忆，面面飘香。

记得快到清明节的时候，妈妈会去离家二十里的集市购买点面花的红绿。有时我也跟着去，即使步行二十里路也不觉得累，因为满怀期待。

捏面花的前一天，妈妈会发酵一盆面，这面是白面和玉米面掺兑出来的。那时候，村里光景一般的人家，捏面花的面都会掺杂玉米面，因为那时白面特别金贵。光景特别好的人家，用纯白面，做出来的面花又白又好吃。不过我们那时不太在乎面花是不是纯白面的，只期盼有花花绿绿的面花就好。

到了捏面花的日子，妈妈和邻家的婶婶、婶娘们互相帮忙，几家轮流捏。烧火的，打碱的，和面的，捏面花的，点红绿的，妈妈们分工协作，一片欢声笑语。我们这些小孩子欢欣雀跃，像一只只快乐的小燕子在小院里飞进飞出，把这一年一度捏面花的好消息散播得猪猪羊羊都知道。

捏面花一旦开始，我们这些小孩子除了跑出院子帮妈妈们抱柴火，大部分时间都把手洗得干干净净，在妈妈们旁边垂涎围观，时而跃跃欲试，学着捏一个。捏个毛毛虫还可以，捏片四叶草胖乎乎的，捏只小鸟四不像。不过不气馁不放弃，我们还是一直围在捏面花的案子边，亦步亦趋地学习着妈妈们的巧手艺。

妈妈们捏出了各种各样的“花花叶叶”和“燕燕雀雀”，一个个栩栩如生、惟妙惟肖。当然也有笨手笨脚的妈妈，主要负责烧火和揉面，偶尔也会捏一个，腼腆地放在案子上，引来一阵嬉笑。有时孩子们会笑得特别夸张，前俯后仰，说自己有信心超过笨妈妈了。

面花大致轮廓捏好后，妈妈们用剪刀娴熟地剪出花瓣和小动物的尾巴、头角等，用提前洗干净的小梳子在上面印出花纹，再用黑豆、红豆等装点出眼睛，雕琢成花。

面花捏好后，被满怀期待地放进锅里。蒸面花的火候和时间很有讲究，会直接影响面花的成色。在一片唏嘘声中，一锅白花花的面花出炉了。

到点红绿的时候了，我们这些小女孩儿争先恐后地搭把手。红绿是装饰，点多了，不利于健康；点少了，单调，不好看。色彩点缀的度，很重要。

捏面花有几个重头戏，分别是捏子推、“抓髻儿——大老虎”和属相。

捏子推是在大馍上分区域放很多小巧精致的“花花叶叶”和“燕燕雀雀”，寓意五谷丰登。听说子推越大、点缀越多，家里的谷穗籽粒就会长得越大越饱满，所以子推一般捏得比较大，“花花叶叶”也放得比较多，展示出妈妈们的最佳手艺。人们用这种最淳朴的方式表达着对一年风调雨顺和五谷丰登的祈盼。

如果家里有已订婚但未结婚的年轻男子或女子，清明节要互相送面花。男方送给女方一对形似两个发髻紧紧相连的大面花——“抓髻儿”，寓意要紧紧抓住女子的心。女方送给男方一对“老虎”面花，寄望男子健壮如虎，虎虎生威。这“抓髻儿”和“老虎”一般是提前准备好，男子早早就把一对大“抓髻儿”送到女方家，然后笑眯眯地取走一对大“老虎”。两个人依依不舍地话别在村路口，甜蜜地期待着即将到来的美好姻缘。

我们小孩子对“抓髻儿”和“老虎”不太感兴趣，我们比较关心自己的“属相”。

记得那时候会给家里的每个人捏一个属相面花，比较大，是展现才艺的时候，一般由巧妈妈完成。在捏自己属相的时候，孩子们会在一旁全身心用力，紧紧地盯着妈妈们手中的面团，希望捏得又大又好看，还不能出一丝的差错。

面花全部蒸好后，是炕面花，即烘面花。妈妈会把土炕烧得滚烫，然后铺上书纸或糊窗纸，把面花放在上面。锅里，锅巷道上，炉灶上，边边沿沿也都摆上。炕面花的时候，或者早在点红绿的时候，我们小孩子已经开始挑漂亮的面花想据为己有。但是除了自己亲手捏的个别面花留给自己，其他面花都要“归公”，大家随机均分。

面花烘干后，就到了我们最期盼的时刻——分面花。女孩子一般挑漂亮的，男孩子则挑大的、胖的，即有“肉头”的。妈妈不偏不倚，小猴一人一个，小鸡一人一个，小鸟一人一对，四瓣花一人两个，毛毛虫一人三个……把所有漂亮的面花给孩子们均分好，剩下几个丑的、烤焦的，留给她自己和爸爸。

面花分好后，妈妈用提前准备好的麻绳把面花一个个串起来，中间夹着一颗颗红枣。这样串一是为了好看，二是为了有间隙，不易发霉，且红枣也可以吃。其实，哪能等到发霉，在青黄不接的春天，那些面花很快就会被吃光。

面花串好后，妈妈把一串串花花绿绿的面花和一个个属相面花挂在墙上，蓬荜生“香”。不过，有的孩子会把自己的面花偷偷放进柜子里藏起来，以防被人偷吃。

在拥有面花的那段时光，我们这群小孩子每天放学或从外面干完农活儿回家，第一件事情就是数面花，“侦察”有没有被人偷吃。大家一直只数个数，所以一些不老实的孩子揣摩出了一个偷吃的新“招数”——在“花花燕燕”上偷偷咬一角或掰一块。见招拆招，后来我们不光数个数，还要仔细检查面花的完整性。如果数量少了，或是缺了一角，先是推断是谁，吓唬一下，如果“嫌疑人”死不承认，拒不“赔还”，就要“上告”爸爸妈妈来“断案”。不过，一般情况通过观察脸色，再加点儿吓唬，就能“破案”，我们家里一般都是两个弟弟干的。

面花很快吃完了，墙上只挂着几个零星的属相面花了。那时候特别羡慕大弟属牛，因为牛是大型动物，妈妈会给他捏得比较大，可以吃得久一点儿。可小弟属兔，本来很小吧，但妈妈还是把兔捏得和大弟的牛一样大，只是嘴和耳朵与牛不一样而已。

我和姐姐分析，面花的大小其实和属相大小无关，而和妈妈的爱有关。因为姐姐是属虎的，可她的属相面花却捏得并不大。以前总觉得爸爸妈妈偏爱两个弟弟，重男轻女的观念比较重。后来发现，每个子女他们都一样爱，只是两个弟弟那时候比较小，所以爸妈才在吃食上偏爱他们一些。

没过多久，所有的属相面花都吃完了，但那些关于面花的记忆还在心中久久盛开，一直等到下一年清明“花开”。

现在每到清明节，那些有关儿时的清明记忆就如春天复苏般浮现在眼前。那些花花绿绿的面花，盛开在童年的记忆中，朵朵飘香。

那年春天

那是一个百花盛开的春天，他牵着我的手走过城东的那座石桥。站在垂柳依依的河畔上，他对我说，牵着恋人的手来这里，是他一直以来的梦想，在这一刻终于实现。

就这样，我以他童话中女主角的身份走进了他的生活。

一场春雨过后，空气一尘不染，大地上散发着淡淡的泥土香味。杨柳抽枝发芽，山野里透着淡淡的绿黄，路边的桃花露出了绯红的笑脸。那大概是我记忆中最美的一个春天。车子一路缓缓向前，我只向往着前方的美景，忘记了脚下的路其实很颠簸。

这是那个春天，他带我回老家的路。

那是一个偏僻的小山村，村里还没有通车，去县城要步行十五里山路才能等到公共汽车。那天，我们的车子进了村，好多村民跑来围观。

下车后，我习惯性地去挽他的胳膊。他偷偷示意：保持一点儿距离，村里人会笑话的，会说女子不稳重。为了给乡亲们留个“端庄”的好印象，我只好离他稍微远点儿。

村里住的大多是一些孤寡老人，年轻人都外出打工了。那里的人，脸被太阳晒得黑黑的，很淳朴。我们回去后，村里有几位热心的大婶来他家帮忙做饭。那天吃的是饸饹，按村里的习俗，吃饸饹是要拴住姑娘的心。

他父亲热情地招呼着来家里的乡亲们，脸上洋溢着掩饰不住的笑容。爷爷坐在门道上一边晒着太阳，一边乐呵呵地抽着旱烟。奶奶坐在凳子上拣着早春的苜蓿，说要捎给城里的亲戚。

我们走时，乡亲们从兜里掏出五十元、一百元不等的钱，向我塞过来，嘱咐我一定不能变心，要成为他们福娃（他的乳名）的媳妇。

我被他们的举动深深感动，但是钱坚决退了回去。为此，乡亲们有些难过，似乎不确信我是否会和他们福娃结婚。他们一直赞不绝口，夸我长得俊俏。

他母亲说，人家姑娘这回看了咱们这里的条件，也许下次就不会来了……我听得出，她是在蓄意向我索要答案呢。

我说，我还会回来的。他们似乎得到了一些安慰，乐呵呵地望着我们的车子走远。

这就是他的家乡。

回城的路上，我开始纠结了。对于在城市长大的孩子，可能觉得这样的村子充满诗意。但是，对于我而言，出生在山村，当初花了很大的劲儿从大山里走出去，下半辈子我又要走进另外一座大山吗？

一路上，我一直在沉默。他紧紧抓着我的手，不时地看着我。我有点晕车，也许是山路太过颠簸，也许是我的心在起伏不定。

回到县城，按之前的约定是要去买订婚戒指的。他向我确认，是否按原计划进行？

也许，我口中蹦出的一个“不”字，会像一颗炸弹一样，轰掉他心中的整个“象山塔”。当然，我没有这么做。人是无法选择出身的，我无法做到那么苛刻，所以回答是肯定的，同意订婚！他当时激动得眼里蹦出了泪花，发誓要一辈子对我好。

那天，我的无名指戴上了钻戒。

相约在那个美丽的春天，我们唱着苏芮的那首《牵手》，一起走进婚姻的殿堂。

时光飞逝，从那年春天走来，至今我们已牵手走过了十年。展望前方，依然是四季如春，一路花开。

指甲上的花

我喜欢美甲，觉得好看的指甲犹如一双纤纤细手上盛开的花朵，平时喜在指甲上着一些轻柔的颜色，偶尔会点缀一些小花朵。但让我一直眷恋的是小时候的纯天然美甲，用指甲花染指甲。

指甲花，花开蝴蝶状，多为红色，是我们童年染指甲的纯天然原料，也是我童年记忆中最珍贵的花。

在我童年的那个小山村，几乎每家小院里都种有指甲花。那是我们小孩子一直精心守护着的花，每天浇水，看护。刮风、下雨或天气炎热的时候，我们就会想办法用一个个筐子、筛子等把指甲花罩起来，形成一个个“小帐篷”保护它。指甲花似乎有些娇气，经不起风吹雨打。但它依然深受宠爱，因为它能给我们带来别样的美。

从种下指甲花的那天开始，我们就一直精心守护着它，期盼着它早点儿长大开花，染红我们的指甲。

每到染指甲的时候，我们都特别兴奋。

左邻右舍的孩子都聚在一起，变得特别团结，把自家院里盛开的指甲花和叶子摘来，都是尽“家当”分享，显得很慷慨。大家分头行动，有的摘桑叶，有的找明矾，有的拣小炭块，有的准备包指甲的线。最后把准备好的东西都放在院子的石台上，由姐姐们把明矾、炭块与指甲花叶按一定比例放在一起，用小铁锤一直捣到泥状为止。

这期间，妹妹弟弟们都会变得特别听话，姐姐们显得是那么受尊重。因为只有姐姐们才会染指甲，哪个小孩子若是不听话，就“惩罚”性地不给她（他）染。染指甲的大多是爱美的女孩子，但也有来凑热闹的男孩子，性格腼腆的，或捣蛋的。孩子们兴奋地围绕左右，一会儿探进头看看，一会儿问染指甲是不是快开始了？

花泥终于好了，汁水四溢。染指甲开始了，孩子们争先恐后地伸出小手。不急，一个一个来。先把花泥在指甲上均匀覆盖，然后用桑叶包起来，最后用线把手指松紧适度地扎好。

指甲包好后，大家都会变得小心翼翼，不敢乱动。身体哪里发痒都不敢用手抓，害怕花泥错位，影响染指甲的效果。

一晚上我们满怀期待，希望属于自己的“指甲花”在一夜之间全部盛开，透红透红。

第二天清晨，我们一睁眼，就迫不及待地把桑叶剥掉，看看指甲染得怎么样，或惊喜或和期待中一样红，也或许有点儿小遗憾，没有想象中那么红。然后，大家东奔西跑，聚在一起，比比谁的指甲染得红。

一般要染两三次以后，指甲才会变得特别红。染过一次，大家又期盼着下一次，直到指甲水灵灵地透着红。

那种红，散发着天然的芬芳，没有任何附着物。

现在的指甲油，什么颜色都有，要什么颜色就是一瞬间的事儿，不需要等待，也没有了期盼。指甲油几乎都透着化学气味，且留有一层附着物，永远比不上记忆中那散发着内在芬芳的天然指甲花汁。

我一直眷恋着指甲花，那蝴蝶状的花儿，盛开在指甲上，也盛开在我的整个童年，记忆都带着几分芬芳。

山楂树之恋

每次听到抖音上的那首《红枣树》，我就想起了家乡的那棵山楂树，以及那些与山楂树有关的人和事。

小时候，我家院子上面有棵树，长得很茂盛，但就是不结果子。树上还长了不少刺，我们这些小孩子也爬不上去，很多时候只是站在院前望望，好奇它怎么不结果子呢？

有一个深秋，大雁南飞，树上的叶子已落得稀稀疏疏。妈妈在院子里扬场，我拿着一根小木棍儿坐在谷堆旁照（驱赶）麻雀。我一边哼着小曲，一边“虎视眈眈”地四处张望，“震慑”着那些“贼溜溜”的小麻雀。

忽然，我发现那棵常年不结果子的树上，有两个红红的小果子。我立刻叫了姐姐，找了一根长长的麻柴棍儿，费了九牛二虎之力，终于把那两个红红的小果子摘了下来，捧在手掌心。仔细端详，那两个小果子红得晶莹剔透，形状和苹果一模一样，硬币那么大，小巧可爱。

我和姐姐顿时像发现了“新大陆”一样，飞快地把这个好消息告诉了爸妈和村里的小伙伴们。

后来听说这种果子叫水楸子，学名海棠果。但它和山楂长得特别像，我们一直习惯叫它山楂果，那棵树也就命名成了山楂树。其实，那小果子比山楂更水灵酸甜。

过了几年，那棵树上的果子越结越多，到秋天成了满树红，周边从来没见过这种果子，它们成了稀罕物。

每到秋天，村里的小伙伴经常来我家玩，冲着那棵美丽的山楂树和那些酸酸甜甜的山楂果。我和姐姐经常把那些山楂果分享给大家吃。那小果子结得很稠密，可以让我们分享一整个秋天，树下经常飘来欢声笑语，引得小鸟也来围观欢唱。

记得有一次，村里的一个小伙伴生病了，听说几天不吃不喝，我摘了一捧透红的山楂果去看她。一看到那些红红的山楂果，她一骨碌爬起来就吃，那是她平时经常惦记的小果子。看到她吃得那么香，她妈妈开心得眼角都溢出了泪花。

我有时把那些山楂果摘下来，装进书包，带到学校分享给老师和同学。每次我把山楂果放在课桌上，女同学都抢着吃。男同学说酸，但也会拿两个捧在手上，欣赏小果子的玲珑可爱。

我去老师办公室请教问题的时候，把兜里早就准备好的山楂果偷偷送给几个女老师。有个老师那时正怀着孕呢，特别喜欢那些酸酸甜甜的小果子。

在秋天树叶红了的时候，也正是山楂果最香甜的时候。妈妈把那些山楂果一捧一捧地送给邻里乡亲，有时也会把那些山楂果捎给城里的重要亲戚，让他们品尝一下我们家乡的稀罕物，补补人情。

山楂传情。这棵山楂树不仅成就了浓浓的乡情、友情、师生情，还差点儿成就一段爱情。

我刚大学毕业，认识了一个小伙子。他已参加工作，有次下班后请我吃饭。我那天正好从老家到县城，就带了一些山楂果给他，挑选了水灵透红的。

到了餐馆，我打开精心准备的山楂果时，傻眼了。怎么都变成了棕色？好像是煮过的，看着一点儿都不新鲜了。突然想起来，我清洗山楂果的时候用了热水，想要杀菌，没想到烫成了这样。我顿时有些窘迫。

他随手拿了一颗，说：“挺好吃的，都给我吧。”

后来，他告诉我，就因为那次我给他带山楂果的事，他深受感动。那一刻，他决定，只要我愿意，即使我以后没有工作，他也愿意约定终身。

这在我的意料之外，想不到几颗山楂果竟会唤起如此美丽的情丝。

几年后，我们都已各自成家。有一个秋天，我重归故乡，妈妈说家对面的油井噪音很大，以至扰民。这正好是他单位管辖的范围，于是我给他打了个电话。

多年未联，熟悉依旧，他问我在哪里。

我抬头，看到了那棵山楂树。告诉他，在山楂树下。

然后，两个人哈哈大笑。

望着蓝天下的那棵山楂树，风轻云淡，依然很美。

有一天，路遇初中时的一位老师，我过去打招呼。她一时想不起我的名字，但依然记得我就是当年经常给她带山楂果的那个小女孩儿。小学初中同学聚会，偶尔也会有人问起那棵山楂树，回想起曾经一起吃过的那些山楂果。

也许那酸酸甜甜的味道，已留在了很多人的记忆中。

有一年，听说那棵山楂树枯死了，我很是伤感了一阵子。

不过后来周边又长出了很多小树，现在也已经开始结果了。但我还是特别怀念那棵老树，因为那棵山楂树上挂满了童年的往事和悠悠情丝。

多少次梦回故里，我又一次站在院前，看到了满树的山楂果。然后，我又像一只快乐的小鸟一样，把这个好消息传遍了全村。

那山那水

站在故乡的山头，远眺着那里的山山水水，一草一木，满满的全是记忆。

那条河

家门前的那条河，流经村子，也流经我的整个童年。

记忆最深刻的是夏天，我们经常会去河边洗衣服。一到中午，村里的女子们都端着一盆盆衣服像赶集似的来到河边，三五成群，说说笑笑，整条河充满了欢声笑语。

小孩子们光着脚丫在河里抓鱼，捉“卖糖老汉汉”。那是一种尾巴上扒开有甜味的浮游水生物，比小虾米瘦小一点儿，棕黑色。那时候能吃到的甜东西太少了，孩子们在寻找着一丝属于自己的甜味。

河里有各种鹅卵石，水在上面流过，清澈见底。我们时常会在河里捡各种各样的小石头，用圆圆的那种玩“抓石子”

游戏。

村里的孩子时而会在河里拦个“大坝”，热得不行了就跳进去洗澡。不过，这经常是男孩子干的事。女孩子一般只是在河里洗洗头发，洗洗脸，不好意思在河里洗澡。有时很羡慕男孩子玩水时的那份酣畅淋漓。

河里的水很清冽，不仅洗干净了衣服，仿佛也洗涤着人们的灵魂。村里的孩子是纯真的，大人是淳朴的。

后来，我外出读书，离开了那个小山村，但那条河一直定格在我童年的记忆中。

如今，由于气候等多种原因，村里的那条河变得几近干涸，甚至成了死水。我时常思恋着童年那条淙淙流淌的小河。

对那条河，除了怀念，似乎还有一些领悟。也许除了保持清澈，还需海纳百川，积蓄力量，才能冲破重重阻碍，流向远方，避免原地干涸。河如此，人亦如是。

那道湾

河的对面是一个大草湾，留在那里的记忆如青草一般丰泽。

那里莺飞草长，是一块放牧的宝地，小时候我们经常去那里放羊。那里的草长得特别旺盛，草丛间开满各种小花。羊儿在草丛中吃草，我们坐在草湾的树桩上看书，玩耍。

我们把头发编成许多小辫儿，把各种野花插在头上，宛如一个个花仙子，在草丛中翩翩起舞。

草湾里有几棵柳树，还有几个树洞。草湾四周的田地边上有过树，那些树生长过的地方会长很多蘑菇。我经常提个篮子，唱着《采蘑菇的小姑娘》，蹦蹦跳跳穿梭在树洞之间采蘑菇，有时采得满满一篮子蘑菇回家，路人见了羡慕不已。

现在每年春节回家，我都会去那个草湾里转转，踏着那些枯草，仿佛触摸到了童年那些毛茸茸的记忆，绵长而有质地。

那片林

带着童年的记忆，爬上山坡，是一片桃杏林。那里的记忆，从青涩到成熟，飘满四季。

在春天的黄土高原上，那一树树桃花和杏花像画笔突然画上去的，是那么亮丽醒目。尤其是那些粉红的桃花，像一个个美丽的女子，让人眼前豁然一亮。那一刻，你会明白，为什么形容美丽的女子用“面如桃花”了。

花儿谢了，一串串青杏毛桃爬上了枝头。从春天的花开到秋夏的硕果，我们一直会在那片树林里来来去去，尝遍一年四季的味道。

桃杏林四周的山坡上，是槐树林。

春季，槐树抽芽，沟沟洼洼有了淡淡的绿意，一片生机。五月，槐花开得漫山遍野，我们喊着叫着，穿梭在花海中。采回槐花，吃着妈妈做的槐花饭，记忆香透心脾。夏季，槐树给陕北的黄土地披上厚厚的绿衣，葱葱绿绿。秋季，落叶纷飞，一片金黄，我们拿着扫帚，在林间扫落叶给羊儿储备冬草。冬季，一阵山风过后，林间落了枯树枝，孩子们争先恐后地跑向林间，捡那些干树枝回家做饭，取暖。

回望那片林，记忆五彩斑斓。

那座山

故乡最厚重的记忆底色，是那一座山。

沿着记忆的小路，蜿蜒向前，山路上布满了我们走过的一串串脚印。

春天，我们牵着毛驴给山上的地里送粪，背着种子去山上种地。春雨过后，青草疯长。我们提着篮子上山给羊儿拔草，给家里采摘野菜。每年青黄不接的三月，那山上的苦菜是一家人重要的吃食。

到了暑假锄地的日子，爸妈会早早出山。我和姐姐做好了早饭，提着饭罐罐小心翼翼地绕过弯弯曲曲的山路，去给在山上锄地的爸妈送饭。

秋收时节，收割过的山地里落下一些豆子、谷穗等，我们总要做到颗粒归仓。每天一放学，我就会挎个袋子去山上捡豆子，在长过豆子的地里、放过豆蔓的地方、背豆子的人歇脚的路边，寻寻觅觅捡豆子。我两只手被冻得红红的，但是捡豆子的记忆都是很开心的，因为捡回的豆子可以让家里多吃几顿豆钱钱，每天下午的稀饭就有了豆香；也可以多换几包挂面，家里就能吃上一顿捞挂面，解解馋；或者多卖几元钱，可以多买几瓶写字的墨水……总之，我觉得捡到了就是赚到了，有满满的收获感。

也许是在山上走多了，至今我的脑海中还刻着山脊上的一幅有声画：夕阳西下，山的那边是红红的夕阳。父亲在前面赶着牛，背着庄稼，迈着沉重的步子向前走。我在后面提着饭罐罐或一筐草，追赶着父亲的脚步，在山脊上走着。牛脖子上的铃铛声，我们的脚步声，合奏成山曲，萦绕耳际。

我如果是画家，一定要把这幅画画下来，或者作为摄影师，要寻找夕阳下的这样一个景拍下来。

但是翻遍网络，走遍山头，再也找不到这样一幅夕阳下的晚归图。它只留在记忆中。

那条路

站在山顶，举目远眺，一条公路横穿村子，一直通向远方。小时候那条弯弯曲曲的小路已不在了，但在记忆中依然清晰可见。

那是一条弯弯曲曲的上学路，一个峁峁两道河，从家到学校四五里路，要过四次河。那时我们学校没有灶，早读后上两节课，然后要回家吃早饭，每天在那条路上跑两趟，过十六次河。

记忆最深刻的是冬天的早晨。

外面天还黑乎乎的，就得起床去学校。一到早晨五点多，村里的小孩儿我喊你、你叫我，一起结伴去学校。那条路上的声音简直成了当时山村里的一首晨曲。

放学路上，我们排着整齐的队伍回家，有路队长专门负责维持队形，即使过河，队形都不会乱。有时，我们会喊着口号或唱着歌回家，尤其是那首《打靶归来》，仿佛至今都回响于耳畔。

上初中了，我们又在那条路上骑着自行车向更远的方向行进。

沿着那条路，从黑夜走到黎明，从冬天走到春天，从小学走到初中，再从山里一直走到山外。

后来，我离开家乡读高中，上大学，每年回家，都看到家乡的那条路发生着日新月异的变化，从弯曲到笔直，从颠簸到平坦，直到今天的宽阔大道，一直通向更远的远方。

也许人一生不管走多远的路，蓦然回首间，依然会留恋家乡的那条小路。

泪光中奔跑

看到留守在老家的孩子，我顿时泪目。

孩子在山坡上坐着，看到我们的车子，老远就跌跌撞撞地跑过来，满头满脸都是泥土。我抱起孩子，心里五味杂陈。

公婆在城里住不惯，坚持要在偏远的老家带孩子。尽管我一再坚持想把孩子留在身边，但最后还是妥协，把孩子留在了老家。

因为路途遥远，我们两个星期回去看一次孩子。每次将要回去的时候，我都是归心似箭。

从我回到老家抱起孩子的那一刻起，孩子便一直腻着我，寸步不离。吃饭，睡觉，走路，一直都紧紧跟着我，生怕我会丢下他溜走。

周末两天很快过去了，我要返回城里上班，又要离开孩子了。临走前，我捧着孩子的脸看了又看，想把他装进眼睛里带走。我好想告诉孩子：妈妈要走了，过段时间再来看你。但是我不忍心，我怕他哭，只能偷偷地走。

我们的车子刚走到对面的马路上，就看见孩子发疯似的跑下硷畔，一边哭着拼命挣脱奶奶的手，颠颠撞撞地追赶着我们的车子，一边撕心裂肺地喊着“妈妈”。

孩子在追赶着唯一能离开大山的希望，可车子在渐渐走远。

孩子在我的泪光中奔跑着，我好想冲下车子，把孩子抱走。但是想想回城要上班，孩子没人看，又非常无奈。

“我们把孩子带回城里吧！能不能让爸妈去城里带孩子？”我再次请求老公，甚至带着央求的语气。

他放慢了车速：“你知道的，爸妈怎么都不愿意去城里啊！他们一直说在城里住不惯。”他无奈地叹口气，“还是走吧！”

那一刻，我发誓：下辈子我再也不要嫁到大山里，因为我再也不想让我的孩子被留守！

车子驶出了村子，老公加快了车速。开了车窗，风吹干了我脸上的泪。我无心看风景，只觉得山路漫漫，蜿蜒曲折，非常颠簸。

途经一村口，我看到有个孩子坐在大树下向远处张望，不远处有个老太太在干着农活儿。我仿佛又看到了留守在老家的孩子。

我们走后，孩子也许会哭累睡着。一觉醒来，四周一片寂静。来到院子里，爸爸停车留下的痕迹也被风呼呼地吹走了。也许孩子会一个人走出院子，又爬上那个山峁峁，眺望着远方，祈盼再次看到爸爸妈妈的身影……

我一边想象着我们走后孩子孤独无助的样子，一边又开始流泪。

后来，婆婆终于适应了城里的生活，来城里带孩子了，孩子不再被留守。但每每想起那段往事，我都会泪水涟涟。

希望这样的阵痛永远不再有。

一口深井

春节回家，一家人坐在一起话家常，忆苦思甜中聊起一些往事。说起那口深井，我们都默默地低下了头，那应该是我们记忆中共同的阴影。

离　家

从我记事起，父亲一直在家种地，一家人的生活来源和我们姐弟的学费，全靠他和母亲面朝黄土背朝天从地里“淘”出。父亲勤俭持家，种地很在行，锄头在手上磨泡打茧，背上的担子再沉再重，他都游刃有余，因为知道怎么使力。

可是有一年，陕北大旱。庄稼只种上一半，再无法播种：可能会是颗粒无收的一年。我们的学费没有着落，无奈之下，父亲得出去打工。父亲不会其他手艺或经商之道，外出务工活儿并不好找。他打听到村里有人在云南打工，便打算去那边找活儿干。

临行前，父亲背着铺盖卷儿在村边徘徊了很久。后来每每说起离家的那一刻，父亲眼中都噙着辛酸的泪花。

他放心不下家里。家里一大摊子农活儿，给母亲一个人撇下，他不忍心。再说六个孩子，都在四处读书，他的心牵挂八方。他觉得自己应该守着孩子们时刻思念的家，随时等待孩子们的消息，给周末回来的孩子准备干粮，给在外地读书缺钱的孩子想着法子寄钱。

但那一刻，他要远走他乡。当时通讯不发达，出门就意味着很长一段时间和家里是失联状态。他一千个不放心、一万个不想走，但是，我们秋季的学费没有一点儿着落……

他在村口踌躇了很久，步行前往镇上坐长途汽车。

送　别

那时我在镇上读初中。父亲临走前，来学校看我，给我送来两个玉米馍和需要缴给学校的几元钱。

知道父亲要出远门了，我没有什么可以给父亲带，只把自己写过的一个本子、几张白纸和两支笔，塞进了父亲的铺盖卷儿。

那时父亲有抽烟的嗜好，但为了节省钱，抽的烟大多是自己卷的。那个写过的本子是给父亲卷烟用的，那几页白纸和两支笔，是带给父亲记录东西用的。我把父亲将要去的云南那个地方的地址抄在三张纸条上，一张给父亲装在衣兜里，一张放到他随身带的包里，一张塞进铺盖卷儿里。我害怕父亲忘记地址，找不到地方而失联。当时没有电话，地址一旦丢了，就无法联系了，父亲从来没出过远门，可能连回来的路都找不到。

父亲不善言辞，走时只嘱咐我好好学习。但我知道他心中有诸多无法言说的苦楚。

望着父亲背着铺盖卷儿远走的身影，我的视线渐渐模糊。

就这样，父亲踏上了打工之路，去往遥远的云南。

那口深井

过了一段时间，父亲捎回了话，与村里人接上了头儿，活儿找到了，是打井。

人工打水井，就是在不到一米见方的深井里凿石头，挖泥，一天几乎看不到天空，见不到太阳。里面唯一的一缕光线是额头上绑的探照灯发出的，很微弱。抬头只能看到一桶桶凿出的碎石烂泥，在头顶上上下下移动。井口上面的人稍有疏忽，东西就会掉下来，井下的人随时有生命危险。

井里空间太小，人几乎一天都不能舒展，一直蜷着身子干活。云南天气炎热，北方人在那里光适应气候都很难，更何况在井里凿一天石头，时常有种要窒息的感觉。

伙食也不好，每天吃的几乎全是猪油炒酸菜和洋芋，北方人压根吃不惯。但活儿很重，需要体能，只能勉强吃那些饭填饱肚子。可是又不能吃得太饱，否则人在深井里窝得没法干活儿。

父亲说，那段时间他能在那口深井里坚持下来的精神支柱就是：要为孩子们挣到学费！再苦也要忍受。喘气间，想想孩子们，想想肩上的责任，慢慢就在深井中挺过了一个月又一个月，打了一口井又一口井。

那座高山

父亲外出打工后，母亲一个人在家操持一大摊子农活儿。每个周末回家，我和两个弟弟都拼命帮母亲干活儿。

不久，终于下了一场饱墒雨。母亲在很远的一个村里承包了一座小山种庄稼。那山很高，本村人都不愿意种。母亲想多种点儿地，增加收入来源，就承包了那山上所有的地。

天刚蒙蒙亮，我们就坐着驴拉车出发了，去往那座山上种地。太阳出来的时候，我们已经开始上山。种子、肥料等东西都要从山根背到山顶，那种时时需要毅力才能承受的累，现在想起来都刻骨铭心，让人气喘吁吁。

大弟提犁耕地，我点豆子，小弟拉驴，母亲碎土平地。那时我和两个弟弟都只是十几岁的孩子，但因父亲外出务工，大弟已经学会了犁地。

暑假，我们经常去那个山上锄地。一个假期下来，两个弟弟脱下褂子，身上都印上了一件白色的“肉马甲”——除了穿褂子的地方，其他处的皮肤都被晒得黝黑黝黑的。我的脸也被太阳晒得黑里透红。

母亲看在眼里，疼在心里。

归　途

有天中午，我们从山上锄地回到家，看到父亲回来了。

他正坐在门槛上，脸黄瘦黄瘦的，头发很长，应该是很久没有理过发了。衣服湿津津的，浑身散发着汗腥味。他低垂着头，正在发呆。

父亲抬头看我们的那一眼，我永远都无法忘记，是愧疚，是无奈，是辛酸？我至今都无法用语言准确描述。

他叹了一口气，对母亲说：“包工的跑了，工钱没拿到。”

瞬间，母亲默默地放下了锄头，落满尘土的脸变得苍白。

原来父亲在异乡拼死拼活地干了几个月，包工的先是拖欠工钱，后来连人都找不到了。父亲和村里其他几个人只好两手空空返回家乡。

一路上坐火车，六个人只买了一箱方便面充饥。是袋装，桶装面贵一倍，没舍得买。他们把开水倒在方便面袋子里泡面，其中有一个叔叔泡面的时候不小心烫伤了手，然后靠在窗户边，望着餐车卖的鸡腿，暗暗流口水。

父亲说，那一路很渴也很饿，无心看窗外的风景，其实那边的景色挺美的。

后来，我一直有个愿望，就是带父亲去云南旅游一次。还是坐火车，按那次父亲打工的原路线出行，如果父亲能记得。车上想吃什么吃什么，以期能重置一下父亲在那次打工途中所有的苦难记忆。

就在那一年秋天，二姐考上了大学，父亲和母亲挨家挨户在亲戚家借钱，跑了二十多家，又在村里借了一些民间高利贷，终于凑齐了二姐那年上大学的学费。那年，为了节省钱，父亲开始戒烟。为了省下一盒五毛钱的黄河牌香烟钱，父亲戒掉了几十年唯一的嗜好。

多年后，在一家人自强不息的共同奋斗下，我们终于度过了那段充满辛酸的岁月。但每每想起父亲外出打工的那段时光，想起父亲待过几个月的深井，我的心都在隐隐作痛。

母亲的梦想

我的母亲出生于20世纪50年代，正逢路遥笔下《在困难的日子里》那个物质匮乏的时代，生活非常艰辛。

现在，大家吃苦菜吃粗粮，是从平衡营养角度考虑的。但在那个年代，苦菜和糠皮是母亲他们果腹的主要食物。遇到干旱年景，山里苦菜也稀缺，只能吃一种叫刺杆苗的植物叶子，那叶子浑身是刺，难以入口。经常是饥肠辘辘，好不容易等到饭熟，饭却稀得能照出人影儿。

小时候，母亲的梦想就是能吃口饱饭。

长大一点的时候，母亲的梦想是读书。

母亲生在大山里，兄弟姐妹八个，她排行老三。那时一家人整天和饥饿作斗争，上学成了一件奢侈的事儿。家里只有男孩子和少部分女孩子有机会上学。从小勤快的母亲很不幸地被留在了家里干活儿，成了不能上学的那部分孩子中的一员。她每天在家里洗衣做饭、种地拔菜，像大人一样干活。

母亲说，她那时眠思梦想，一心渴望上学。尤其后来看到比她小几岁的姨姨舅舅都去上学了，她心里特别羡慕。但上学对她来说，是一个遥不可及的梦。外婆家当时是村里最穷、孩子最多的人家，吃了上顿没下顿。不光是缴不起那么多孩子的学费，也因母亲如果上学走了家里农活儿没人干。母亲经常在晚上梦见自己去学校上学了，特别开心地读着课文。可每次醒来总是空欢喜一场，她只能默默地抹去眼角的泪水。

农闲时候，母亲常常偷偷藏在学校的大门外，静静地听着孩子们上课的声音，想象着自己上学的情景。她多少次轻轻地抚摸着学校大门的栏杆，但就是无法走进校园。

有一天，村里开扫盲班了！母亲一大早起床就跑去学校，终于走进了梦寐以求的校园。但是没一会儿，外婆就站在学校对面的山峁峁上喊她回去推糠窝、拔苦菜。后来母亲每次偷偷跑去扫盲班时，外婆都会竭力阻止。外婆怕母亲恋上读书要去上学，干脆一天都不让去学校。当然，也可能是思想认知所限，她没有意识到读书识字对母亲的重要性。

在母亲的记忆中，那大概是外婆做过的最残忍的事了。每每说起这些，母亲眼里都噙着泪花。

母亲的读书梦终是破灭了。她又有了一个新的梦想，就是能穿上新衣服。

小时候一直在家里干农活的母亲，穿的每件衣服都是布丁摞着布丁。但上学的姨姨舅舅不一样，他们要出门见人，穿的衣服相对新一点儿。

有次，外婆给上学的三姨做了一条新裤子，母亲特别喜欢，她朝思暮想着能把那件衣服穿一会儿。

有一天中午，家里做了高粱饭，那算是当时的好饭，平时一家人经常吃的是菜糠，很少吃精粮。外婆给孩子们一人分了半碗，大家一会儿都吃得精光，唯独母亲抱着碗没有吃。她想用那半碗高粱饭换三姨的新衣服穿一会儿。

三姨爽快地答应了，因为那时的半碗高粱饭对孩子们来说，太有诱惑力了！三姨一口气吃完了饭，回屋和母亲换衣服。母亲穿上那条新裤子，照着镜子欢天喜地。

当三姨穿母亲的衣服时，发现那衣服就像一堆烂瓜蔓一样，里里外外不知道打了多少层补丁，脚都找不到出口，压根就穿不起来。三姨反悔了，急得直哭，可母亲早就穿着新衣服跑了。

三姨要穿衣服去学校了，可母亲穿着新衣服高兴得满村跑，外婆急得满村追。最后，母亲跑到了对面的山上，怎么叫都不下来，只为能多穿一会儿新衣服。

有一天，外婆终于给母亲做了一套新衣服，一早就把衣服放到母亲的枕边。母亲受宠若惊。

原来，一家人实在没吃的了，外爷为了换几斗米，保住一家人的性命，给母亲订了娃娃亲。那天是和婆家人（即我现在的父亲和爷爷）见面的日子，所以外婆家竭尽所能，给母亲做了一套新衣服。

那年母亲九岁，被订了娃娃亲。

母亲十八岁那年，和我父亲正式结婚。结婚以后，日子过得还算幸福。爷爷家当时光景好些，基本能吃饱肚子。

但是，母亲一连生了四个女儿，当时农村重男轻女的思想特别严重，认为无儿即无后。在这期间，母亲受尽了乡村邻里愚昧的讥笑和扎心的奚落。

那时候，母亲的梦想是能生个男孩儿。

母亲冲破重重阻碍，背着家里当时最小的我，四处奔波逃窜，躲避着计划生育。几年后，终于如愿以偿，生下了两个男孩儿，不再受人歧视和冷眼相待。

可是，在那个缺衣少食的年代，把六个孩子一个个拉扯大，一个个供着上学，特别艰难。

那时，母亲的梦想是供我们这些孩子考上大学，走出大山。

母亲每天累死累活地在地里干活儿，晚上在煤油灯下熬到深夜，为我们纳鞋底儿，缝补衣服。记得母亲经常一边在煤油灯下做针线活儿，一边给我们讲毛野人的故事，讲她小时候的苦难经历。

母亲生性乐观，那些苦难一经她的口里讲出来，就变得十分励志，让我们充满了改变苦难的动力。

岁月渐渐沧桑了母亲的脸庞，她的脸上多了一道道皱纹，头上出现了一根根银发，手上裂开了一道道血淋淋的口子。岁月给她留下了很多苦难的痕迹。

我上小学时，曾写过一篇作文，题目是《母亲的那双手》，老师在讲台上读到几度哽咽。我很清晰地记得，那是一双长满茧子，被山风吹得裂满口子的手。每次看到那双手，我的鼻子都会发酸。我发奋学习，捧回了一个又一个奖状，只为看到母亲脸上那一抹欣慰而自豪的微笑。

后来，在母亲的不断激励下，我们姐弟五个终于都考上了大学，走出了大山，谱写了一部部小小的励志史。我们的不断拼搏总算弥补了母亲以前的一些缺憾，实现了母亲的一些梦想。

此刻，母亲的梦想会是什么呢？

时光相册

不经意间，打开了时光相册，用心抚摸每一张照片，一帧帧光阴徐徐流过，一直回到了记忆深处。

第一帧

第一张照片，是五寸黑白照，我和二姐的合影。

那是我人生中第一次拍照，距今快三十年了。我大概五岁的样子，留了茶壶盖的发型，头顶扎了一个向上的小辫儿，像个毛毽子。我手里拿着两支塑料花，那是当时照相时兴的道具。我似乎是“恼凶凶”地瞅着镜头，那时对照相没概念。

记得我那天正和几个小伙伴在坡上玩，二姐来叫我，说要照相了。村里有好多人围在那个院子里，看照相。

二姐那时应该是八九岁的样子，学生头，笑时露出两颗大门牙。她特别活泼，爱出风头。大姐和三姐性格内向，不爱照相，加之嫌拍单人照浪费空间，妈妈就让我和二姐一起照。二姐在努力地笑，但是好像太过紧张，没笑出来，两只眼睛睁得圆圆的。

那张照片洗了很多张，二姐激动地拿着照片满村跑，她把一张张照片都送人了。那时候照相的师傅很少来村里，因为村里照相的人很少。所以照片那时是稀罕物，只要能得到照片，甚至不认识的人，大家都会放到相框上。

我长大一点儿的时候，在村里很多人家的相框上都看到了我和二姐的那张黑白照片。后来，我走出大山读书了，村里人不断地更换相框，那张照片早就找不到了。

我现在很想找回那张照片，但是无处找寻。不过，它已深深地刻在了我的记忆深处。

第二帧

第二张照片，是我们一家八口人的全家照。那是我八岁那年的冬天，表哥给我们拍的。

我们都穿了自己最新的衣服。我的衣服是山西的姨姨给的，是和我年龄差不多大的表妹穿过的，红上衣，绿裤子，套着棉衣有点儿小。瞧，棉袄袖子还露出了一大截。不过我似乎从来“不拘小节”，双手拗到衣服兜里，特别乐呵，应该是全家照中笑得最灿烂的那个。

这张全家照一直珍藏在老家的相框上。每次回老家，我都会站在那里瞅瞅小时候的模样。乐观阳光，一如既往。

第三帧

第三张照片，是我和两个弟弟的合影，是我上一年级的那个夏天照的。

那天是三姐他们拍毕业照的日子，学校请来了一个照相的师傅。三姐拍完之后，让我和两个弟弟合影一张。三姐给我借了同学的衣服，从头换到脚。我短发，平时完全是一个男孩子形象。可那天三姐却给我穿了红裙子、红衬衫，戴了发卡，头上还顶了一朵大红花。

拍照的时候，周围有很多同学“指导”着我们的站姿和表情，有的还很热心地帮我拉衣角。最后，我和弟弟都不知道怎么站了，不知该如何流露表情，费了很大的劲儿总算拍完了。照片中，我们表情僵硬，很不自然。

每次望着这张照片，我都确信：不能盲目听别人的指点，自自然然做自己就好。否则，我将非我。

第四帧

就在三姐拍毕业照那天，我偷偷去拍了意气风发的第四张照片，风格和第三张完全迥异。

说实话，当时为了拍这第四张照片，我也是鼓足了勇气，纠结了很久才做的决定。

那天三姐让我和两个弟弟合影一张后，我很想和要好的伙伴们拍张照，但是不敢。对于当时的我们，拍张照片不便宜，怕三姐不让。

我等了很久，上课铃终于响了，三姐回教室上课了。我和几个小伙伴偷偷地溜出校园，直奔操场。

我们站在操场的绿树旁，扬眉吐气地拍了一张照片，笑容灿烂。我短头发，花短裤，浅绿色的衬衣，白球鞋。全是当时自己平时穿的衣服，神采奕奕，拍出了我当时的风采。

后来，每次看到这张童年的照片，大家都会调侃我当时穿的花短裤。那时流行健美裤，可是我家孩子多，买不起。妈妈用做花被子剩下的一块边角料给我做了一个花短裤。我从来都是我行我素，穿上一点儿也不觉得寒酸，自我感觉美美哒。

第五帧

第五张照片，是我的小学毕业照。

那天姐姐特意为我扎了双辫儿。我穿了当时流行的黑色健美裤、白色球鞋、白衬衣红马甲，活力十足，满怀憧憬。

我那时留双辫挺好看，打扮起来是一个漂亮的小姑娘。但是在我的学生生涯中，那好像也是最后一次留长发。

上了五年级后，爸爸就给我留了寸头，和男孩子一样短的头发。因为那时姐姐早恋，给家里惹了不少麻烦。爸妈怕我重蹈覆辙，就给我留了男孩子发型，以防我早恋。

果然，我酷似男孩子的形象，拒男生于千里之外，后来没有早恋。

惦记的那一帧

还有一张照片，拍过之后一直没看到。那是让我一直惦记的一帧时光。

儿时，我家和村支书家是邻居，他们家经常会有干部来下乡。那些干部应该都是从城里来的，似乎对农村的什么都感兴趣，又好像什么都不太懂。他们时而在对面的草湾里采蘑菇，我们一群小孩子喜欢跟着他们跑。他们经常把“狗尿腿”（一种与蘑菇很相似的菌类，听说有毒）当成蘑菇采。那时我就像个蘑菇“小专家”似的告诉他们，哪个是真蘑菇，哪个是“狗尿腿”。

有次采蘑菇的时候，有个背相机的干部说要给我和两个弟弟在草湾里拍张照片。我们特别激动，我把两个弟弟紧紧拉在一起，站好。记得两个弟弟还流着鼻涕，匆匆忙忙用袖子抹了一把。

听旁边的干部们说，这景象很经典，拍了可以拿去评奖。

周围是青山绿水，脚下的草丛苍翠欲滴，中间是三个笑容灿烂的孩子，打补丁的衣服，红通通的脸蛋，农村孩子特有的纯真……完全是一派纯天然原生态景象。

我一直惦记着这张照片，但是始终没有看到。

后来，在画展上，在网络上，一看到贫困山区的孩子，我就想到了这张照片。我有时在想，也许那个拍照的摄影师因为那张照片获得了什么奖，又或者那相片底片永远留在了相机中。我一直在有意无意地寻觅着。

这张照片是那个时代大山里农村孩子的原生态写真，也是我童年生活的缩影，一直让我惦记。

记忆深处的照片还有很多很多，每一张照片都浓缩着一段时光，承载着一段岁月。

时而回首，再度前行，一路留更多的精彩掠影给时光。当有天我们老了的时候，一边晒着太阳，一边翻阅着厚厚的时光相册，回味那些曾经走过的岁月……

贰 一笑

人间最美，莫过情感
抚摸着那一帧帧爱，痛苦也甜蜜

谎言

有段时间，我时而会沉浸在周末的慵懒中，不想梳洗打扮，待在家里哪儿都不想去，状态有点儿颓废。

一个周末，老公想带我和孩子去周边县转转。

我一口回绝："我是没想法，你带孩子去。我只想待在家里，外面太晒了。"

其实吧，我就是懒得收拾自己，想在家懒散地待着。

老公无奈，只好独自带着孩子出去玩。

可中午他们又回来了，都理了新发型，买了新衣服，说他们回来午休一会儿，下午出去玩。还特地告诉我，现在就是想去也没座儿了。

我们家的车，我想去还没我的座儿？什么情况？我心里犯起了嘀咕。

没等我开口问，老公竟然义正词严地说，他西安的美女同学回来了，打算带她去安塞看腰鼓。她晕车，需要坐副驾驶位。

他知道，那是我平时的专座儿。

我顿时像打了鸡血一样，立马坐了起来。我也要去！非去不可！什么美女同学，“本宫”的位子，未经我的同意看谁敢坐！

我大发雷霆。竟敢明目张胆带着女同学出去游玩，这不是无视我的存在吗？

他一言不发，像是真犯了什么错。我倒希望他辩解几句。沉默就是默认，我更来气。

不行！我得给他点儿颜色看看。

我立马洗脸梳头，隆重化妆。头发不好看，我得去理发店吹个造型。

“你先把孩子看着，我要出去一趟！”我给他撂下一句话，摔门而去。

大中午，阳光正烈。但一定得出去，今天我一定要打扮得漂漂亮亮，让那所谓的“美女同学”自惭形秽。

我用手遮挡阳光，直奔理发店。

坐在理发店的镜子前，我忽然感觉自己哪里不对劲儿。天哪！因走得匆忙，竟然忘穿文胸了，我赶快双手环抱胸前，努力掩饰窘态。

头发终于收拾好了，再去买双丝袜。

仔细回想，自从生了大宝，我很久没有好好打扮自己了。今天一定得穿得飘逸一点儿，穿裙子。哼！我还不信比不过那个女人！

我顶着烈日，出去精心打扮一番，自信满满地回家。

到了家门口，我忽然发现忘带钥匙了，手机也没带。敲门，久久不开。

我忽然想起他说过，他们两点准时出发。一看手表都快两点半了，他们已经走了？

我赶快跟对门借了手机，给他打电话。他说，已经快上高速了，让我别去了。

“立刻，马上，回来接我！”

我发飙了。

“那好，你马上到楼下，我回来接你。”

“不行，我还得回家换衣服，钥匙没带。”

老公很快回来了，说孩子让那个女同学看着。我听着就来气。

开门回家，我穿上了漂亮的裙子，戴上了靓丽的太阳帽。得把所有的道具都配上，我又翻箱倒柜，找出了两年没戴的太阳镜。在镜子前打量一番，绝对能胜出。

我们出门，邻居阿姨见了很是诧异："今天打扮得这么漂亮，要去干嘛？"

我回复一个笑脸："比美！"

到了楼下，我昂着头，迈着优雅的步子，走向车门。

呀！嫂子今天真漂亮！我藐视过去。

不对呀，车里怎么只有孩子和老公的妹妹？孩子的亲姑！美女同学哪里去了？

孩子开始嚷嚷："妈妈，你大中午跑到哪里去了？我们开车在城里转了好几圈儿，都没找到你！"

他不是说已经快上高速了吗？原来一直在城里找我？

"其他人呢？"我问老公。

"什么其他人？就咱们几个。"

我一头雾水。但有他妹妹在，我再没好意思多问。

一上车，他们忽然哈哈大笑。

我恍然大悟，这竟然是一个骗局？原来是老公为了让我一起出去玩，编了个"美女同学"的谎言来骗我。

顿时，我无言了。不知道是该生气，还是该开心。

孩子不要姑姑抱了，非得要我抱。

我一路上穿着裙子和高跟鞋，抱着孩子，一会儿担心"走光"，一会儿担心把裙子弄脏。那个难受劲儿，无可言状。

到了目的地，才知道他们同学一起去了好几辆车，大家都穿着宽松的运动服，很随意。

唯有我，戴了一身“道具”，花枝招展，真像比美去的。

大家调侃：“要约你出来一起玩，还真难！‘百万’（老公的绰号）真是用心良苦。”

原来这真是大家精心策划的一个局。

从那以后，我不再慵懒，努力做到精致，伴他左右。

谎言是假，但其中的滋味是真。

修剪

春天的一个周末，我带孩子去乡下玩。路过一片果园，一个果农正在修剪果树。

“妈妈，你看，这棵树好像哭了！”孩子指着一棵果树刚被剪过的地方大喊。

我走过去一看，那“伤口”上真的流着透明的汁液，树似乎真的在流泪……

孩子跑过去“质问”那个果农：“叔叔，你看树都疼得哭了，你为什么还要剪啊？”

果农很友善，给我们讲起了有关果园修剪的知识。

他说：“春天的修剪很重要。那些旁逸斜出的分枝，好多都得剪掉。可是，有的人就是惜枝，这个舍不得剪，那个也舍不得剪，留了很多分枝。结果枝旺了，影响花芽形成，结的果子反而少了，且争养分，果实也长不大。所以即使树再‘痛’，也得修剪啊！”

最后一句，果农特意重音强调。孩子似懂非懂地点点头，用手指着树上的枝条说："它们真幸运！应该好好生长，结多多的果子！"

果农笑嘻嘻地说："那也不能太多！"

他又谈到了疏花疏果。春天花开的时候，得疏一次花，后面还要根据长势，陆续进行几次疏果。有些时候真的舍不得，尤其是最后定果的时候。但也得"忍痛割爱"，否则果子长不大。当然，对于长势好的果树，疏果时适当多留些果子，适度的压力可以压制枝条旺长……

听着他的讲解，我的思想被点化外溢。原来管理果园和我们经营人生有很多相通之处。

果树需要剪枝，疏花疏果，其实我们的人生也要适时"修剪"，不断取舍。学会舍弃那些旁逸斜出的"闲枝"，留下那些可结果的"主枝"。且要及时"疏花疏果"，如同树的养分有限一样，人的精力和资源也很有限，如果什么都想要，最终可能在哪一方面都无法取得"硕果"，所以要学会舍弃和精减。

当然，适度的压力也必不可少，要适当"压枝"，以免太安逸"徒长枝"而虚度时光。

经营人生，如同管理果园，要时时懂得取舍。也许每一个果满枝头的秋天，都离不开那个被修剪的春天。也许捧着秋天的硕果，才觉“修剪”时的涟涟泪水和“疏花疏果”时的忍痛割爱，都值得！

笼中鸟

那个夏日，我心绪繁杂，回乡下度假。

午后，我一个人坐在院前的大树下乘凉，周围绿树环绕，渠水清清。留着“茶壶盖”发型的小侄子，欢快地蹦跳在妈妈的菜园里，一会儿捉蜻蜓，一会儿抓蝴蝶。

忽然，耳边传来鸟儿急促的叫声。我寻声望去，发现院墙上放着一只鸟笼。小侄子跑来得意地炫耀，那是他从山里抓回来的一只鸟，还带回来两颗鸟蛋。

我开始对着鸟笼发呆，思绪游离在笼子之间。

笼中鸟扑腾着翅膀想要飞翔，但是一次次地受到笼子的限制。一次次地飞翔受挫后，鸟儿发出的叫声越来越急促，不时地用头撞着笼子，挣扎着想要飞出去。

天空瓦蓝瓦蓝，有鸟儿自由地飞过。时而有鸟儿停在高空的电线上，轻盈地落在树枝上，飞到院墙上。还有鸟儿接近鸟笼，发出叫声，像在召唤着笼中鸟。

笼中鸟看起来更加痛苦，叫声尖锐，似乎恨不得立刻撞开笼子飞出去，甚至不怕付出血的代价。

笼中鸟应该痛恨笼子，因为它限制了自由和飞翔。

忽然，我发现有只黑猫在靠近笼子。落在墙上的鸟儿翅膀一扇，快捷地飞走了。笼中鸟惊恐地叫着。我站起身，不打算袖手旁观。

危难时刻，往往要靠自救。一般情况下，外力是滞后的。我打算保护那只鸟，在最后时刻。

那只猫扑过去，但是笼子网眼间隙很小，抓不到鸟儿。几次扑空后，黑猫失望地走了，鸟儿没受到伤害。在笼子的保护之下，鸟儿不再尖叫。

此刻，它应该庆幸在笼中，变得安静了许多。

笼子，限制着鸟儿的自由，同时也在保护着鸟儿。所以，有时会抱怨在笼中，有时又会庆幸在笼中。

第二个周日，我再回乡下。

小侄子跑来激动地告诉我，那只鸟恋爱了，外面有只鸟经常靠近鸟笼，还经常给它叼虫子吃。受好奇心驱使，我跑过去一看究竟。

果然，有只鸟在笼子周围盘旋，笼中鸟发出欢快的叫声。

两只鸟时而拍打着翅膀，隔笼相拥。也许它真的恋爱了。

黄昏，那只笼外鸟恋恋不舍地飞走了。笼中鸟再三挣扎，但还是无法冲破笼子的阻碍。它只能静静地望着那只鸟飞去的方向，一动不动，很忧伤的样子。

晚上，我梦见自己偷偷打开鸟笼，放走了笼中鸟。它重回天空，与那只相爱的鸟一起双宿双飞，从此过上了幸福的生活。

一切对自由的向往和追求都应该受到关注，难道不是吗？

第二日，小侄子急急忙忙把我从睡梦中叫醒，告诉我笼中鸟孵出宝宝了。我踩了拖鞋跑出去。果然，那两颗鸟蛋孵出两只毛茸茸的鸟宝宝。笼中鸟有了自己的孩子。

倘若打开笼子，那只笼中鸟还会飞走吗？会和那只笼外鸟一起飞向天空吗？它还会追求自由和所爱吗？想到这些，我的心似乎变得有些沉重。

妈妈说要打扫一下鸟笼，给鸟宝宝放一些棉絮进去。

我主动请求，这事让我来完成。我打开鸟笼，笼中鸟尖叫着，担心我伤害它的鸟宝宝。不知什么时候，那只笼外鸟也飞来了，一会儿飞到这儿，一会儿落在那儿，看起来非常焦急。

我打开笼子，许久，藏起来旁观。我在做一个测试。

小侄子在一旁叫唤着，要我快点儿关上鸟笼，否则他的鸟宝贝就要飞走了。我告诉小侄子，鸟儿不会飞走，就像妈妈不会抛弃孩子离开家一样。小侄子半信半疑地和我一起等待。其实，我也不确定鸟儿的选择。

我和笼中鸟一样，万分纠结，不知道自我和责任哪一方最终会取胜。

笼中鸟在笼外鸟的召唤下飞出去了。她和笼外鸟一起落在了电线上，欢快地拍打着翅膀，做着最亲密的交流。小侄子开始哭了：他的鸟宝贝飞走了。

但是它没有飞远，回头看到嗷嗷待哺的鸟宝宝，非常着急。一会儿飞近，一会儿飞远，在笼子周围徘徊。再三纠结，它还是飞回了笼子，紧紧抱住了两个鸟宝宝。它落泪了。

小侄子欣喜若狂，立马关上了鸟笼。

最终，笼中鸟没有飞走，笼外鸟也没有走进笼子。一切似乎都在意料之中。笼中鸟没有放弃鸟宝宝去追求自己的梦想和所爱，笼外鸟也没有因为对笼中鸟的爱恋而放弃自由和飞翔。它们追究没能在一起。

笼外鸟飞走了，我久久地望着天空。

不可否认，我曾强烈期待有意料之外的事情发生。我希望笼中鸟能冲破牢笼飞出去，与笼外鸟双宿双飞。或是笼外鸟义无反顾地冲进笼子，与笼中鸟厮守一生。但是一切最终还是归于平静。

毕竟，冲破牢笼的代价是沉重的。

那晚，我又梦见了笼中鸟，梦见了瓦蓝瓦蓝的天空——

宽窄记忆

那个假日，我突然萌生了去成都的想法。也许是因为一首歌，也许是因为午夜的一个梦，突然想去追寻那座城市。

清晨起床，我双肩包一背，只身出发。车窗外开始飘雨，深秋平添了几分萧瑟。我裹紧衣服，还是打了个冷颤。望着车窗外三三两两结伴而行的人，我忽然希望行程中能有个伴儿。脑海中快速闪过一遍朋友圈，给好久没联系的姐妹发出一条信息：我想去成都，你是否愿意同行？

信息发出后，我突然感觉很踏实。有些友情经过多年的沉淀已化为亲情。不管多久没有联系，一些重要的时刻想起的总是他们，且没有半点儿嫌隙和陌生感。

她回复了：家里有亲戚，单位也要加班，这次可能去不了。她频频表示遗憾，连连表示歉意。其实，我完全理解。一个女人因为诸多事由走不开，这是常态。她说，她特羡慕我，可以随时开启一场说走就走的旅行。其实，人人都有难言之隐。我出发也是竭尽全力。

她邀我去她的城市，但我坚持了最初的选择，开始了一个人的成都之旅。

不知不觉已到中转城市，整理思绪，踏上了去往成都的列车。座位靠窗，不过我暂时无心看风景，快速在手机上下载旅游软件，订好成都的酒店，安排好第二天的行程。然后，安心地趴在桌上睡着了。

不知过了多久，我醒了，抬头望向车窗外，火车正驶进一个江南小镇。一个个村庄在烟雨蒙蒙中别有一番意境。顿时，我豁然开朗。发朋友圈：旅行中的风景可以治愈平日忙碌中的一切焦虑，在这个深秋时节，我踏着一首歌的旋律向你走来，成都！

列车报站：汉中站到了！

啊，经过我曾经上大学的城市——汉中！熟悉的站台，但早已物是人非。站台上拖着行李奔跑的人，再也找不到熟悉的面孔。

那个站台上曾留下了多少记忆……

记得最后一次毕业分别的时候，我们把舍友一个个送上了站台。我大学最好的朋友——秀，即将踏上去往云南的列车，我哭得稀里哗啦。在列车开动的那一瞬间，我们大声呼喊着：“再见！”

可是，再见，有可能是再也不见。至今大学毕业十多年了，同宿舍的姐妹们再也没有见过面。我突然有点儿想念她们。那个夏夜的约定她们都还记得吗？

记得那晚毕业宴散席后，大家余兴未尽。同宿舍的姐妹们一起躺在操场的草坪上，望着星空，开始畅谈毕业后的梦想。大多有关工作、结婚、旅行之类。

娜忽然提议，十年后我们共同开一家心灵酒吧，在乌镇。

姐妹们惊呼，这个梦想太有风情。大家立马抛开就业、结婚等“沉重”的话题，开始为心灵酒吧“装修”。

芳说，环境要幽静一点儿，可以先买醉，后买单。

玲说，内有咖啡座，点缀淡淡的玫瑰香。一脸沉醉状。

秀说，轻音乐应该选英文歌曲，似懂非懂，带有流离感。

我说，里面有书架，关乎心灵，关乎冷暖，有关我们的故事。

那晚夜风沉醉，我们畅谈了很多很多，有关心灵酒吧，有关梦想。

最后约定，十年后在乌镇的心灵酒吧见！

第二天，我们就背起行囊，各奔东西。

转眼间，十年过去了，你们都还好吗？

再次望向车窗外，列车正缓缓驶出汉中。我也慢慢从有关大学的记忆中走出。

宽宽的记忆，窄窄地收笔。

到成都了！手机导航，打车到预订的酒店。

晚上，我一个人去锦里逛，这里是吃货的天堂。一碗担担面、一杯纯石榴汁，对我而言，足矣。

一个人漫步在蒙蒙细雨中，浓浓的老火锅味儿弥漫着整条街，我臆想着在成都的街头，能突然与故人重逢，哪怕只是一句：原来你也在这里。

第二天，跟随当地旅行团一日游。

早晨，守时的绅士司机，车上的有趣老头，卖伞的机灵女子，都给我留下了深刻印象。

上午，拜水都江堰，学到了不少水利知识，都一一做了记录。

旅途中感悟多多。望着又高又直的冷杉，我在朋友圈分享：想要长得又高又直吗？记住一个字——冷，且尽可能地远离烟火。

听着导游的讲解，我似乎明白了：如果水太混浊，就分流到低位的“凤栖窝”去沉淀。人生哲理也。

下午，跟随旅行团在烟雨蒙蒙中拾级而上，问道青城山。

途中记录：愿有化鹤洗翼术，兴之所至，羽化为鹤，伴之所爱，游遍山水。兴尽归来，清其羽翼，不留半点风尘。

后来几天，我不再跟团，一个人逛了成都的很多地方。第一站，慕名去了宽窄巷子。一直走到玉林路的尽头，坐在小酒吧的门口，我有点胆怯，害怕遭遇陌生的搭讪。继续向前，走进一家临街的咖啡屋，临窗而坐，望着来来往往的人群，感受异域风情。

一直到晚上九点，回酒店，我在门口的便捷超市买了一瓶红酒，前台的服务员热情招呼：“一个人来的？”“嗯。”我微笑致意。

一个人？似乎很让人质疑。其实，在很多时候，我喜欢独处，喜欢简约的生活。如无知音相伴，便独享一个人的自在。

站在酒店的阳台上，把玩着酒杯，眺望整座城市的灯火，一首《成都》单曲循环，恰逢一场心灵的邂逅……

从成都归来，又步入了日常生活。但旅途中那些宽宽窄窄的记忆，时而在我眼前浮现。

爱不只是给予

孩子咳嗽得厉害，晚上去医院检查，需要住院。

输液室里，孩子哭得撕心裂肺。护士说小孩子血管难找——或许是专业水平有限吧，扎了三针才弄好，让人非常心疼。但为了让护士不紧张，我竭力宽容以待，努力笑脸相迎。

把孩子抱回病房，开始了漫长煎熬的输液。

孩子有诸多不适，哭闹了很久，终于安静下来睡着了。拭去孩子眼角的泪珠，我静静地望着孩子，试图用眼中的爱抚去他脸上残留的泪痕。

凌晨一点钟的病房异常安静，仿佛只剩下了滴答滴答的钟表声。我抱着孩子，老公在旁边翻看着手机。

我们的爸爸，即孩子的爷爷，一直在沉默。突然，他打破了快要凝固的空气："都怪我，那天孩子哭着要吃棒棒糖，最后就给他买了。当晚就开始咳嗽了……”他开始自责。

“爸，没事，可能跟气候也有关系吧，你快回去休息!”为了不让他难堪，我特意为他开脱。

其实，这孩子咳嗽几乎每次都跟吃糖有关，简直成了因果关系。但孩子平时就喜欢吃糖，加之爷爷奶奶对孙儿特有的宠溺，我深知拒绝给孩子买糖的难度。

我一直记得那个晚上——

孩子在超市抱着一小罐糖，哭着要买。我对孩子说：“这几天咳嗽，不能吃糖，我们可以选其他零食。”孩子还是用了平时的“小伎俩”，躺在地上哭闹。

平时，我也和孩子的爷爷奶奶一样，每次孩子一哭，就心疼，然后就是妥协。

但那次我特别坚决，我要让他明白不能要的东西，一定得放弃！任凭他怎么哭闹，我都告诉他，坚决不买。直到孩子哭吐，引来旁人围观，有人用鄙夷的目光谴责我的狠心，但我没有妥协。

最后孩子终于放弃了，哭着要我抱抱。

我抱起孩子，走出超市，特别心疼地贴着孩子的脸，想要把所有的爱全给他。但是，我还是要适度对其予以冷置，让此次教育收到实效。

孩子终于说："妈妈，我错了！以后不能吃糖果，吃了会咳嗽。"

那一刻，我抹去孩子脸上的眼泪，自己的视线却模糊了。充当残忍的拒绝者，更痛苦。爱之深，痛之切。

有时，拒绝是一种更深沉的爱。

爱需要原则。有些给予满足了一时的任性，但其实是一种伤害。"糖"确实很甜，但过量就是伤害。

爱不是一味地给予，还需要适度的拒绝。

倾听者

晚上九点多，一个朋友打来电话，说要见我，地点约在河畔的长廊。

她的恋情，从心动到热恋，到最后的黯然结束，我始终是倾听者。这恋情时而甜蜜，时而忧伤，从头到尾。

我很清晰地记得她第一次向我倾诉时的情景——不，应该说是分享惊喜，那时她脸上洋溢着幸福和甜蜜，她的语言变得那么富有哲理和诗意："如此确切的爱，一生只有一次，似乎过去所有的奔波，都是为了向对方靠近。"

那一瞬间，她整个人，乃至整个世界，仿佛都变得如花蕾初绽般美丽。

我惊叹，原来爱情可以让人变得如此美好。

后来知道，那是电影《廊桥遗梦》里的一段经典台词。其实，我多么希望她引用的是其他电影中的。

不久，她告诉我：每次走在回家的路上，车子离家越来越近，却感觉离自己越来越远。她有些踌躇。

她慢慢变得很忧伤。她说，怀揣着那份爱，就像窃贼怀揣着赃物。但是，再累再痛，她也要坚持昂着头，不让眼泪掉下来，因为一见光，一切都会蒸发。

今天，她不时地摇头，错了，终究是错了。这是总结。

该回家了。是的，透透气，该回家了。不能一个人在外面逍遥了。这世界除了爱和自由，还有责任。

她似乎要为这一切画上句号。

“美女，打个车回家吧，小心再次迷路。”我带着调侃对她说。

“不会了，永远不会迷路了。”她回过头看着我，神态非常坚定。

“挺住，坚持，加油啊！”我也打算转身回家。

她举了一下拳头，做出努力状。

道别，两个人相视而笑，仿佛所有的不快都在夜风中消散。

曾经的要死要活，终究归于风轻云淡。

放手及后记

那天下午，我带着儿子去文化长廊散步，桥头有人在卖小仓鼠。儿子停留在那里，久久地望着小仓鼠。“想买一只吗？”儿子摇摇头，眼中隐约有泪光闪烁。

我抚摸着孩子的头，时光流转，往事重现。

那年他六岁，有次在电梯上看见一个小男孩儿手中提的笼子里有一只小仓鼠，从此他就对小仓鼠念念不忘，哭着闹着要给他买一只回来。

一天下午，老公终于给儿子买回了两只小仓鼠，毛茸茸的，很是可爱。儿子那股高兴劲儿不可言表，他一会儿手舞足蹈，一会儿趴在笼子旁逗小仓鼠，一会儿又激动地跑去告诉邻家小孩儿，他的小仓鼠究竟有多可爱！

儿子一下午都处于亢奋状态，晚上出去吃饭，他要带着小仓鼠一起去，说害怕小仓鼠孤独。在我们的再三劝阻下，他才放下小仓鼠，恋恋不舍地走出家门。一回家，他就又趴在笼子旁，给小仓鼠唱歌，讲故事，像大人对待自己的孩子一样。

要给小仓鼠喂食了，应该喂什么呢？老公说饲养员吩咐过，可以喂豆角等蔬菜。我打开冰箱，取出两根新鲜豆角，儿子已经迫不及待地在旁边伸出了小手。我递给他，他没有立刻去喂，而是捂着豆角问我："妈妈，这豆角冰不冰？"我暗暗思忖：这小家伙，怎么突然变得这么细心了？

晚上，小仓鼠睡着了。他把笼子放在床头下，一改往日睡觉前的大吵大闹，示意大家悄悄睡觉，不要惊扰了他的小仓鼠。

儿子爱睡懒觉，早上每次叫他起床都很困难。那天早晨我起床后故意大声对老公说："小仓鼠怎么不动了，是不是出什么问题了？"

儿子立马从睡梦中醒来，一骨碌起床，一探究竟。"小仓鼠好好的，妈妈骗人。"

儿子上学前给小仓鼠放足了食物，还告诉小仓鼠要乖乖地等他放学回家。自从有了小仓鼠，儿子变得特别体贴，无微不至地呵护着两只小仓鼠。

有天晚上，我发现一只小仓鼠好久都没动弹，我有一种不祥的预感——它可能死了。可儿子不愿意相信，坚持说小仓鼠睡着了。打开笼子，发现那只小仓鼠真的死了。儿子特别伤心，好久不说话，眼睛红红的，想要哭，但强忍着。

看来我要和儿子进行一场严肃的谈判了。我告诉儿子："你有两个选择，第一种选择是继续养那只活着的小仓鼠，但是，它可能不久也会死去。另一种选择是放生，把小仓鼠放回大自然，给它自由。不过，第二种选择意味着你再也见不到这只心爱的小仓鼠了。"

儿子陷入了沉思，他扳着小指头望着我，眼睛红红的，都快要溢出泪花了。看到儿子那么纠结，那么难过，我也有些伤感，但我还是坚持一脸严肃。

面临一些抉择，我们不得不严肃。

"我不要小仓鼠了！"儿子的眼睛里蹦出了泪花，他终于做出了抉择。

"你的意思是？"我再次确认孩子的答案。

"我要把这只小仓鼠送走，我不想让它死去。我想现在就把它放走！"孩子一字比一字坚定，但是一句比一句难过。

第二天，我们提着笼子，来到郊外，把小仓鼠放回了大自然。望着小仓鼠远去的背影，我看到了孩子带着泪光的笑脸。

那一刻，我以为放手是一种更深沉的爱。

我自以为做了一个明智且很有善意的抉择。那天我写了一篇《放手也是一种爱》的文字，发到了朋友圈。弘扬真善美嘛，有很多朋友点赞，不乏溢美之词。

但我内心一直有一种不可言说的忐忑。那只小仓鼠后来怎么样了？它在大自然中能独立生活吗？

那篇文字转发后，一个同学给我留言：被驯化过的宠物仓鼠是没有野外生存能力的！我仿佛被一语击中，因为此言跟一直潜伏在我内心的疑虑契合。

有时，好像只有得到别人的确认，才会相信自己的正误。

立刻百度。果然，大多数仓鼠是被驯化过的家养宠物。我以为那只被放生的小仓鼠会重获新生，其实可能是亲手把它推向了绝境。它可能是被驯化过的宠物仓鼠，只适合家养。

在没有深入了解的情况下就放手了！这是否成了自以为是的愚爱？

我似乎又一次看到了儿子放走小仓鼠时依依不舍的泪光。眼前仿佛呈现出小仓鼠被放到野外后孤独无助的情景。

那一刻，望着全然不知情的儿子，我突然有些愧疚，甚至开始懊悔、自责。

我心中默念：但愿放生的是一只爱自由的野生仓鼠。如果那是一只被驯化过的仓鼠，那它是依赖主人的。那呵护不是牵绊，而是它依赖的支柱，全身心的。

宠物如此，爱人如是。三思而后行，千万别自以为是，轻易放手。你以为放手是更深沉的爱，但其实可能是一种致命的伤害。

梦乡

一天晚上，她突然来电告诉我：下一刻她要飞往他的城市！让我别劝她。她情绪激动，而后趋向坚定，宣告式的。

我拿着电话只是倾听，没有询问关于他和她的任何情况。以前她只告诉我，她爱上了一个不可能和自己在一起的人。两年多了，他们没见过面，只有通讯往来。两个热恋中的人，由于种种顾虑，两年坚持不见面，应该也是费了不少心力。

记得有天深夜，她发了一条朋友圈：后半生，她要对自己的心诚实，除了呵护家人，她也要呵护自己的心。

我不知道说什么好，害怕提现实会打击她，谈梦想会怂恿她。一切由她自己来决定，随心而动。

“机票买了？”我问了一句。

“买了，已经在去往机场的路上。”

“照顾好自己！”我突然有点儿怜惜她，我知道她做出这个决定有多艰难。

“我会的，包括自己的心。”她处在亢奋状态，升华着每一个字。

晚上十点多，她发来信息，说飞机已经起飞。

她飞向了远方，飞向了她的梦乡。

夜深了，我依然坐在窗前，望着夜空。我希望飞机落地后，她依然能那么坚定。如果是一场梦，愿她的梦永远不要醒。

我突然希望这个夜可以无限长，长到她可以实现所有的梦想，直至从梦乡甜蜜归来。

最美六月

晚上，我和他一起去参加朋友的生日聚会。

一进门，我还没落座，大家就开始调侃:“生娃还能把人变漂亮吗？”他们相继夸我气色好，皮肤比以前好多了，身材也保持得不错。

那是我刚生完二宝六七个月的样子。

我心里乐开了花，说笑几句：“气色应该是真好了，每天面对一个纯真的婴儿，最多的表情就是微笑。我若是不笑，娃就开始哭了！”

一个感叹号，溅得笑声四溢。

席间，谈笑风生，是一次愉快的晚宴。

晚上回家，趁思潮未退，我整理了一下自己的产假生活：总体感觉，累并快乐着。

人间最美，不过一碗烟火。产假的美食至今令我垂涎。

很欣慰，二宝是纯母乳喂养。自我感觉，只要你有决心母乳喂养，奶水就会充足：精神力量很重要。当然，营养也很重要。那就意味着，我得吃很多美食。

羊肉、鸡肉、鱼肉等各种肉，杂面、白面、挂面等各种面，小米粥、五仁粥、瘦肉粥等各种粥，婆婆一天想着法子给我吃，一天七八顿饭。

各种新鲜蔬菜、新鲜水果，只要是我想吃的、能吃的，家人都会想方设法给我买回来。借着催乳的名义，我算是吃遍了人间美食。

最惬意的是，吃尽美食，无须减肥。每天饿了就吃，想吃什么就吃什么，想吃多少就吃多少。即使胖了，也有充分的理由，我在进行人间最美的工程——哺育孩子嘛！

但事实是，产假期间我竟然没有胖，这应该与哺乳期新陈代谢快有很大关系吧！对于一直在减肥路上奔跑的爱美女人，这是一段多么任性而惬意的美食时光。

再说说那些陪伴孩子的美好时光。

细算一下，我们一生能陪伴孩子的时间真的不多。作为上班族，产假休完就要重回职场，孩子小的时候大部分时间与爷爷奶奶在一起。孩子三岁以后就上学了，大部分时间在学校度过。随着慢慢长大，孩子在一次次目送中渐行渐远。即使你有时间陪伴孩子了，也没有那么多机会了。产假六个月，应该是人间最美的陪伴，我倍加珍惜。

陪伴婴儿的那一帧帧时光，真是无与伦比的幸福。

把孩子抱在怀里，孩子直直地望着我，我也静静地望着他。我们就那样静静地望着，几秒钟，几分钟，一帧帧时光、一帧帧爱，静静地在眼中流动。

婴儿的眼睛是那样的纯洁无瑕，望着孩子的眼睛，就像望着一汪清泉，心灵也得到了净化。

哺乳的时候，孩子一边望着我，一边用小手抓着小脚丫子。如果我的眼中露出笑意，他就会停下来，咧着嘴笑；如果我有意表情严肃，他也会停下来，抬着头一动不动地看着我，似乎观察并询问发生了什么。有时孩子会发出“ai，ai”的声音，似在和我说话，又像在打断我的沉思。

和一个婴儿静静相望，时光都是柔软的。

我偶尔抱着孩子，翻看手机。有时透过手机一侧，看到孩子两眼泪汪汪的，嘴角向下扁，眼角向上翘，很委屈地开始哭了。也许他刚开始尝试做各种表情，和我交流，想引起我的注意。但我只顾着看手机。他又目不转睛期待了很久，我还是在看手机。最后，他只能用“压底”的“招数”——哭，来引起我的注意。我放下手机，笑对孩子，他瞬间就笑了。

人间最美的风景，应该是婴儿纯真的笑脸。

有时我需要干家务，不得不把孩子一个人留在卧室，和孩子“小别离”。听到他哭了，我一边快速跑向卧室，一边让声音先去安抚：“宝贝别哭了，妈妈来了！”

他听到我的声音，瞬间停止哭闹，寻声而望。看到我，孩子立刻露出笑脸——带着泪珠的笑脸。把他安抚一会儿，我又去干家务，可随着我脚步的远离，他的笑容又渐渐收敛、消逝，又过渡到哭。走近，笑容又一点儿一点儿呈现在脸上。

在时间允许的情况下，多陪陪孩子吧！大人的陪伴也许是孩子最初与世界交流的唯一窗口，仅有的快乐源泉。也许在他们小小的世界里，孤单真的很可怕。

全身心地陪伴，你可以看到孩子一天天的成长和进步。从生下第一天起到满六个月，孩子几乎每天都有新变化，作为妈妈似乎每天都有新的惊喜。

记得孩子第一次吮吸到手指的那天，我惊喜万分，发了长长的朋友圈：

今天，我终于看到孩子吮吸到他自己的小手了！一个很简单的动作，似乎无须大惊小怪。但是，就为了这个简单的动作，一个出生不久的婴儿整整努力了一个星期！

前几天，我发现他攥着两个小拳头高高举起，想放进嘴里。可小拳头把自己的额头打红，眼睛碰肿，努力了很久还是吮吸不到小手，他急得直哭。

我在旁边看不下去了，忍不住帮他一把，协助他把手放进嘴里。但是，下次吮吸不到小手他会哭得更凶。后来的几天，我只是在一旁默默地观察着，任他在一次次的努力中打到额头，碰到脸，戳到眼，一次次急到叫，痛到哭……我竭力控制着自己。尽管有时会特别着急，心疼，但再没伸出“援手”。

就这样观察了几天，看到他一直为这个动作努力。有时，我真佩服小小婴儿的耐力。今天，他终于成功了！我激动到泪花四溢。原来，每一步成长都不易！

有些时候，孩子需要自己慢慢成长，我们大人不能越俎代庖。陪伴孩子一天天地长大，真的是一件特别幸福的事。

休产假不用上班，心底那份闲适，可以做很多事。比如安静地阅读、思考，看自己喜欢的影视作品。

我们经常在网络上的“心灵鸡汤”里看到，不要看电视，不要追偶像剧。我不同意这种说法。就如买一把刀，那得看你是去行凶还是下厨。电视也一样，最重要的是看你如何利用。

产假期间，我看了很多精彩的电视节目，尤其是当时热播的《朗读者》《开讲啦》，从中学到了很多东西。

另外，我还追了一部剧——《我的前半生》。看完“前半生”，我对自己的后半生有了明确的规划。

刚坐完月子，不能瞅着小东西看，听说对视力不好。婆婆妈一见我看书，就过来苦口婆心地劝我保护眼睛，所以，我产假期间听微信公众号比较多。利用洗漱、做饭、带孩子的时间，我听了很多文章。我有时会做笔记，或是把感悟及时记下来，写成小文。

整理完产假时光，深感休产假的六个月让我变得元气满满。美食，美时，美人。

人间最美是六月。这六月，是休产假的六个月。

时光现场

睁眼，瞅瞅身边的小不点儿，他还在酣睡。

两只小手放在头两侧，一脸恬静。嘴角微微掠过一瞬甜甜的笑，好可爱的人类幼崽。

我不禁用充满爱意的目光，从头到脚再抚摸一遍。

我蹑手蹑脚起床，轻轻关上厨房门。然后，切换到快进模式，开始做早餐。烧水，熬粥，煲米饭，洗果蔬，早餐食材基本就绪，去瞧瞧“东风”。

绕过阳台，轻轻推门，掀开帘子瞧瞧——老公和大宝睡得正香。悄悄撤离。

拿起手机，我开始独享一会儿周末时光。

看看我前一天为单位做的美篇宣传，浏览量飙升，朋友圈有很多人转发、点赞，成就感满满。

往后翻，前两天被点击火火的个人生活篇《青岛行》，已被我设置为私密内容，一切浏览戛然而止。我每次做工作宣传之前，第一件事就是切换角色，把自己的美篇账号改成工作相关名称，把自己的个人生活篇章全部设为私密，然后把宣传工作铺开做。

工作美篇插曲——首先详细了解宣传工作主题、内容和背景，之后广泛收集照片、视频、文字材料等素材，然后开始设计版式，制作。大体轮廓做好后，完善，完善，再完善。忘记吃饭，忘记上下班时间，有时忙到深夜两三点。直到自己基本满意了，再请领导过目。根据领导指点再修改，再斟酌，直到领导竖出大拇指，才发布。我自己用心做的美篇，不知道要反反复复看上多少遍。是校正？是自我欣赏？说不清。每次发布的美篇，内容都是我精减修改过无数遍的，其中的心力付出，只有自己能体会。不过，每次看到飙升的浏览量，我们的工作被广泛宣传，值了！

工作美篇宣传期过后，我又切换回私人模式，从快节奏到慢生活。工作是干练高效的，生活是飘逸诗意的。适时切换角色和状态，是我一贯的风格。

看到有微信信息，文学交流群有好多人竖大拇指点赞，应该是又有人发表文学作品了。打开链接，竟然有我的作品。什么时候投的稿？谁帮我投的？顿时有些感激我的那些文友。

我平时经常喜欢写文字，但很长一段时间习惯设置成“仅自己可见”。自己欣赏，不习惯投稿。可能以前给文友发过几篇文章，他们竟然帮我投稿发表了。

谢过帮我投稿的文友，并表示自己以后要勤写，勤投稿。先说出去，为了不食言，也许还真的能把自己逼得豁出去。

我后来发现，写下的文字适时敞开“晾晒”，接受阳光照射，可以蒸发掉一些“水分”，且有利于保持生命力。所以我后来慢慢不断公开发表自己的作品。

沉思间，我放下手机，拿起昨晚没有读完的散文，写两个女性的海边对话。

散文结构新颖，一边生活，一边记录，把正在进行的生活，甚至阅读片段，也写进去，有庆山的风格。行文风格独特，学习中。

不过，女主人公躺在海边的沙滩上看书？太阳还很烈？视力受得了吗？

我以前看到描写有人在沙滩上看书的文字，觉得很唯美。前段时间去了一趟青岛的海边，沙滩上很炎热，紫外线很强，人又那么多，那样的环境哪能看书啊！

她就是我那天在沙滩上看到的那个看书的女人吗？勇气可嘉。

老公和大宝已起床来到客厅。小不点儿也醒了，光着屁股

“咚咚咚”跑出来了。老公赶紧把他“逮”回房间穿衣服。

我赶快进厨房，炒菜，盛粥端饭上桌，开始早餐时光。清晨的阳光透过落地窗，洒满了整个房间。

一天的美好时光开启。

须臾速记

闲散帖

晨起，临窗开卷，读小禅的《风物人间》。

阅须臾记，感慨：半生时光被席卷而去，在旁人看来，哦，只是须臾。

打开闲散帖，雅集中认识周晓枫。禅言表间洋溢对周的赞美，想必都是特别美好之人。

百度晓枫，而后搜之《收藏》。那一刻，我深深体会到读书的好处：往往可以在书中认识人，在书中找到书。

翻阅书介，有关童年记忆。自序中的一句话惹得我童年的往事徐徐前来聚集……

苦难的童年，催人奋进。殷实的记忆，也让人富足。

掩卷，平息思绪，而后坐在暖阳下畅想。

停顿间，借盘中时令慰藉韶光。

生活，一半是回忆，一半是继续。

阳光遐想

午后，读王安忆的《长恨歌》。

看到“北窗上的阳光到底是走过一天的旅程，积攒了阅历，流露出善解……”这一段字句，我开始了对阳光的遐想。

早晨的太阳，初露锋芒，有着驱逐黑暗，照亮世界的抱负。阳光照进的角落，尘埃无处藏身，四处逃窜。有几分较真。

正午时分，傲阳当空。白云是点缀，鸟儿是乐符，天空下的绿树田园、都市繁华，都是阳光的巅峰之作。

到了傍晚，夕阳像有了阅历的长者，变得柔和，多了几分善意和包容。一切徐徐落下帷幕。

人过一生，如日行一日。

逗　号

在所有的标点当中，我最喜欢逗号。

句号，意味着终结，给人一种空落落的感觉。
顿号，太急促，让人喘不过气。
分号，呈现并列，我喜欢独一无二。
破折号，变化太突兀，我喜欢平缓一些。
感叹号，不知是喜是悲，会惊动小心脏。
引号，总觉冗余，我写对话不喜用引号。
省略号，绵绵不尽，不简洁。

而逗号，平缓，停顿，休憩之后，有可能是美好继续。
也有可能是转折，但一切皆在掌控之中。
所以，我独爱逗号。

人生如逗，适度休憩，再出发。

衍生美好

那些有意境的名词，给人无限遐想。

玫瑰，咖啡，红酒，飘窗，书店，街角，沙滩，浪花；老屋，炊烟，田园，麦浪，山野，桃花，绿草，清泉，小桥；石径，青苔，古道，大漠，草原，天涯，落日……

一叶，一菩提；一花，一世界。

一切美丽的名词，都让人觉得愉悦。清新，简洁，原生，世间万物本来的样子。

静看，轻读，衍生无限美好。

微事帖

今日微事帖，有关深沉的心意，静静的顿河，漫步新雨后。

深沉的心意

有种心意，是最渴望得到，但又害怕拥有后失去。

太过美好的东西，往往让人望而却步，不知该以怎样的距离和温度去拥有。唯恐这纯洁如雪的美好一触即化，转瞬即逝。

所以，一直在久久憧憬，远远守望，似乎一切相近都太突兀。

静静的顿河

她刚读完《静静的顿河》，我期待她分享感受。可是，她只说了一句：故事在没有结束的地方结尾，只留顿河还在那里静静地流淌。

然后，她放下书，走上了跑步机，在那里快速奔跑，像在甩掉一些记忆，渐渐身轻如燕。

我拿起那本书，“叶公好龙”式地神往了一下，没有打开。

漫步新雨后

喜欢漫步新雨后，空气清新，草木飘香，身心像水中的茶叶，自然而柔和地舒展。

我一边行走一边回味着背包中文字的余香。庆山的文字，闲散中带着几分慵懒，但不乏心力和精进。任思绪自由游走，一缕缕光阴以日记的形式串联成章，记录的及时性使文字还散发着生活的余热。心境，外境，一切境，毫无保留地原生态呈现，自成一格。

走出书境，心随足迹一起漫步在新雨后的角角落落。往事也随着新雨后的湿润空气舒展开来，如水的记忆倾泻在雨后的花间草尖儿。

收起思绪，我深吸一口新雨后的空气，顿感清醒。用钝感力过滤喧嚣，用敏感力感受美好。该站立时，别蹲着；该出发时，别踌躇。

顿时，拨云见日，我清晰地看到了那条通往山顶的路。心境，外境，一起精进。

花期及南瓜

国庆假日，天气已经开始转凉。但我还是惦记着夏季去过的那片千亩花海，想去南沟转转。

景区又有了新的花地，秋花开得正盛。花儿总是开了一茬又一茬，每个季节都有花儿在绽放。人海依旧。

老公和孩子有点儿累了，留在鸵鸟园玩。我一个人去了对面那片夏季的花海。

秋后的夏花不再绚烂，花地里几乎再无游人，冷冷清清，比起夏季时的人潮涌动，有些落寞。站在半山腰，望着那片将近枯萎的花地，心中不免有些凄楚。

夏季人挤人，秋季冷清清，花期使然。也许，是花儿就应该肆意绽放，不负花期，开到荼靡，留一些绚烂给记忆。即使花期过后无人问津，也记忆满怀，不至寂寥。

穿过花地，走向通往山顶的主干道，人渐渐多起来。很多人应该是看了朋友圈里的大南瓜慕名而来。心之所往，山再高，也是兴致满怀。

到了山顶，我发现宣传片中的两个大南瓜已经溃破，一堆碎片，原因不得而知。山顶再没有其他特别的景致了，我感觉有些失望。不过还是感谢期待中的大南瓜，让我心有所向，一直爬到了山顶，领略了沿途的风景。

下山途中，很多人往山上走，有大人鼓励小孩儿：山顶有大大的南瓜，要加油往上爬。

我没有告诉他们，山顶其实已经没有南瓜了。因为我知道，很多人此行都是奔着山顶的大南瓜来的，心有所盼可以给人前行的动力。如果我现在告诉他们山顶的大南瓜没有了，可能会使他们中途放弃，错过前方沿途的风景。

下山者不告诉上山者山顶所见，也许也是一种善意。

与家人会合。孩子在路边看到了一种开得很漂亮的小花，那是秋季开的一种花，正值花期，开得烂漫。孩子站在那儿久久地看着，不时地用小手抚摸着花瓣，用鼻子凑近嗅着花香，但舍不得摘下来。孩子懂得，那花一旦采下来，就会枯萎。因为真的喜欢，所以克制不摘。

那一刻，我想到了那片开败的千亩花地，但我没有给孩子讲花期的事，让花儿永远盛开在孩子的心中，永不枯萎。

也许，看看花衰，才会更加珍惜花开，此行值得。

作文期间

周末清晨，我坐在电脑前想着写点儿什么。

沉思间，我看到了坐在书桌对面的儿子。他正望着作文本抓耳挠腮，一脸苦恼。

问其因，儿子开始吐苦水："我们这次的周末作文是写一篇游记，我打算写龙虎山，可是这个周末没去，怎么写啊？"

我告诉他："这两天没去，但你平时经常去啊！你可以回忆以前的所见所闻。"

儿子若有所悟，迅速开始动笔。

很快儿子又开始苦恼："我想写'今天天气晴朗'，可是今天是阴天啊！"

看来要细讲了，我告诉儿子："其实写一篇游记，不一定非要写你某一次的见闻，你可以根据你之前的所见所闻，把所有你认为美好的事物都放在一起写。比如在一个晴天去了一个地方，但没有遇到什么有趣的事；在一个阴天去了，却遇到了你最要好的小伙伴，还看到了美丽的风景。在符合逻辑的情况下，你可以把晴天、美景、好友相遇的一些趣事放在一篇游记中写。你还可以把实景和虚景放在一起写，即把你的美好想象加入实景里面。比如你看到山顶云雾缭绕，你可以想象嫦娥姐姐抱着一只玉兔腾云驾雾而来。”

“作文素材来源于生活，但可以高于生活。作文乃至一切文学作品都不是对现实生活的照搬复制，只要符合逻辑和常理，是可以进行适度的艺术加工和虚构的。”

“妈妈，我明白了！”儿子一副恍然大悟的样子，又开始奋笔疾书。

一会儿，我凑过去瞧瞧，简直让人勃然大怒。书写潦草，字迹如乱麻一团，内容再好也没法看。

我让儿子停下来，语重心长地给他讲起书写的重要性。一个人内心再美好，可是一身邋遢，甚至臭气熏天，应该没有多少人愿意通过邋遢的外表去了解他优秀的内在，所以外在形象很重要。而字的书写正如一个人的形象，如果书写不认真，你内容写得再好，有时也没法看呀！

儿子连连点头，开始一笔一画地书写。他平时练书法的水平终于展现出来了。

儿子的问题又来了：“我想用一个好词‘流连忘返’，如：‘刚到龙虎山，妈妈就对山上的风景流连忘返。’”

“不可以，用词要准确，既然刚到，就不能用‘流连忘返’。到了返程时候还不想走，才可这样用。”

“那就用‘流连忘行’吧！”自创一词，儿子神采飞扬。

“不错！”我给他竖起了大拇指，“适当组合词更有新意。”

“我想用‘爱不释手’一词，如：‘妈妈拍了一张照片，爱不释手。’可以吗？”

“不可以，照片还在手机里，用‘爱不释手’不合适。”

“那我就写：‘回家后妈妈打印了照片，拿着爱不释手。’”

“也不妥。词是为文所用，不能为了用一个好词，而让内容变得冗繁，甚至脱题。你的游记刚开篇，为了用这样一个词，绕这么一大圈是不妥的，如果放在游记后面倒是可以的。”

一会儿，儿子又问起了小鸟的生活习性，说他要写一只小鸟刚出生的样子，要查查小鸟刚出生能不能吃虫子。

我把手机拿给他，让他进行了详细的搜索查阅。

“对，文章里的内容要有科学依据。”我对儿子的这一做法表示赞赏。

儿子在搜索小鸟习性期间，看到了小松鼠的图片，想看下去。我阻止了，因为作文一气呵成很重要。作文期间不宜做与此无关的事，以免思路中断。

儿子按照我的指点，终于把作文写完了。一收笔，他就自信满满地把作文本递给我看。

“你先自己读一遍吧！”我严肃地回绝。

儿子停顿片刻后，似乎明白了我的用意。他在看的过程中，发现自己遗漏了一些字和标点，及时进行了修改。之后他又读了两遍，觉得没有问题了才拿给我看。

最后，我看到了一篇优秀的作文！我告诉儿子，文章不厌百遍改，一气呵成后，修改很重要。

儿子的作文完成了，我该开始忙自己的事情了。

望着儿子走出书房的快乐背影，我顿时文思涌动。

童话

那个夏夜，我陪孩子读完《小王子》，一个人躺在院子里的长椅上，仰望星空。

我们都是那个被困在沙漠里的飞行员，不断地修整，不停地寻找水源，以起飞的名义。在准备起飞的忙碌中，有一些不期而遇，看似“叨扰”，却是灵魂深处最真诚的低语。那些遇见，变成了人生最美的闲逸之笔。

其实，我们都是小王子。也许在某个美好的清晨，你遇见了一朵玫瑰，她让你眼前一亮。你开始在乎她的一言一行，她让你的生活变得一片芬芳。但渐渐地，你可能觉得她很难相处，甚至虚荣多疑，对你虚情假意。你开始变得苦闷、难过，心被伤得遍体鳞伤。你为这朵玫瑰而潜逃、出走。

后来，你可能会遇到很多人、很多玫瑰。

有一天，你突然明白，世界上的玫瑰千万朵，但只有你心中的那一朵对你有意义。因为，只有她跟你有关联，被你驯化。不，是彼此驯化，心灵相通。

你开始后悔自己不应该离开，你开始重新琢磨花儿的心思和语言。花儿的语言真难懂，也许很多时候都口是心非。她可能为了见你，精心准备了好几天。可见到你时，却说她忙得没来得及收拾。语言是产生误会的源泉，不要只听言辞下结论，要看行动。且看的时候只有用心去看，才能看得真切。本质的东西，光用眼睛是看不清的。

我们的心在渐渐醒悟，慢慢回归，可躯体已经走得太远。忽然觉得一路奔波，却不知道自己想要什么。我们身心被禁锢，久久地躺在被困的沙漠。

仰望星空，倍感幸福，因为我们曾到达过另一颗星球，那里有一朵玫瑰，我们彼此驯化；虽然此刻遥不可及，但知道她就在那里。

我们又都是那只被驯化的狐狸，在静静的等待中，体味幸福……

《小王子》是写给成年人的童话，用孩子看得懂的语言。我们都是小王子，我们心中都有一个小王子。那朵带刺的玫瑰，那只等爱的狐狸，那个被困的飞行员，那个商人，那个国王……都是我们。在那里你总可以找到自己，找到那些远去的童真。

感谢那些美好

有一次，我帮他整理书柜，从一个旧笔记本里掉出了一张照片。那是一个女子的照片，美丽的身姿，脸上带着几分清秀。

她是谁？他的前女友？女人特有的敏感触角都在那一刻舒展聚拢，帮我考量，群策。

“你在看什么？”他走过来看到了那张照片，“在哪里找到的？”

“珍藏了很久吧？”我可能本能地带了点儿醋意。

“真的珍藏了很久，她是我年少时的‘梦中人’。”他带着调侃，端详着我的脸，“我觉得你比她漂亮多了，可是那时候怎么会那么喜欢她……”他抓耳挠腮，若有所思状。

“花痴！”我瞪了他一眼，把照片用力拍到他手上，故作生气状走开了。

其实，在内心，我挺感谢那些女子。

想想那些被称为“梦中情人”的女子，可能是很多男子当年暗恋的女子或女友，也可能是那个年代的女明星，也许现在已美貌不在，抑或沦为平庸之辈。但她们当初那充满魅力的身影，却已长存于多少人的青春之中。

正是她们的美丽把他们打动，也许他们一下子觉得世界是那么美好。他们不再甘于日复一日的碌碌无为，他们决心走很远的路，干出一番事业，为追寻她们的美丽，为对得住这个世界的美好。

这种对美好的向往和追寻，一直牵引他们走到今天，以很好的状态走到我们身边。

今天，作为他们妻子的我们，应该感谢这些画中、照片中或珍藏在他们记忆中的美好女子，是她们曾经的陪伴和激励，让他们以最好的状态走进我们的生活。

感谢那些女子，感谢那些给人们带来正能量的所有美好。

叁

花正开

风过岁月，时光静好
有光有爱，行而致远

窗前时光

我喜欢窗户，尤其喜欢飘窗。

那一方小小的探出，犹如一双向外张望的眼睛，眺望着世间的美好。

我曾经对飘窗充满憧憬和向往。

上大学时，我特喜欢女子静坐窗前的照片，在窗前读书，看海，听雨，或者什么都不做，只是静静地坐着，也十分美好。

那时，我没想过自己拥有带飘窗的大房子，只向往在旅行的时候能美好下榻。曾千百次地幻想着这样的场景：放下行李箱，直奔窗前，沙滩、海浪、椰子树……放眼望去，皆是风景。午后，静静地坐在飘窗上看书，与身后的大海沙滩形成一幅美丽的画面。一波波奔跑的海浪，是恬静中唯一的音符。

但是，一直没有与憧憬中的那扇窗邂逅。

结婚后奋斗十年，我终于拥有了自己理想的新居，临湖，带飘窗。

我在飘窗上铺了精致的垫子，坐着很舒适。窗前放有一个小小的书桌，上面有一本书、一支笔、几页白纸、一枝花。

窗下是湖，碧波荡漾。湖两岸是绿树长廊，散步的人来来往往。对面是红酒庄、小茶舍、一栋住宅楼。

我时常依窗而坐，独享窗前时光。

清晨，看窗下晨练的人来来往往。早餐后，长廊上的上班族步履匆匆，格调各异。正午时光，窗前阳光明媚，小书桌上的鲜花开得正艳，坐在窗前沐浴着阳光，和着轻音乐，看窗外湖面波光粼粼，很是惬意。

傍晚，独坐窗前，对面楼上一盏盏灯次第亮起来。

我在想象着灯光背后的一个个故事。厨房中忙碌的妻子，下班回家的丈夫，放学归来的孩子，餐桌上一家人其乐融融，分享着一天的趣事。或是有雅兴的三五好友正坐在茶桌前谈笑风生，褪去一天的疲惫。或有久别重逢的恋人，站在窗前甜蜜相拥，耳语着绵绵情话。抑或有人与我一样，正独坐窗前发呆，看景。

华灯初上，长廊上的霓虹灯亮了，过往的人渐渐多起来。

他们一边散步，一边享受着夜风沉醉的小城夜生活。

夜色渐深，整个城市慢慢安静下来了。

对面楼上的一盏盏灯又开始次第熄灭。我在窗前看到了自己的影子，一脸恬静。自拍一张，模糊中带着清晰，有一种朦胧美。发个抖音，为一天画上圆满句号，入梦。

夜间，透过轻柔的窗纱，飘窗上或挂着一轮明月，或繁星点点，一切如梦似幻。窗户装饰着我的梦乡。

第二天晨起，第一时间望向窗户，看对面楼上的灯。一盏没亮，那我算早起的鸟儿；亮了几盏，说明有人跟我一样勤奋努力。如果大半灯都亮了，立刻有种紧迫感，即刻起床行动，开启一天忙碌而美好的生活。

我爱窗前的四季，爱窗前的每一帧时光。雨天，独坐窗前听雨；雪天，望窗外落花成诗。晓看对面绿树成荫，夜望天空繁星满天。思绪来袭，写下一段段美丽的文字，独自芬芳。

依窗沉思，发呆，望景，阅读，写作，已成为我生活的日常。

静立窗前，望人间美好，赏四季花开。

例外

早晨开衣柜，我又看到了去年深秋心心念念买回的那件外套，那是我最贵的一件衣服，依然清晰地记得当初买衣时的那份欣喜和纠结。

深秋，天气渐冷。我在街头逛店买衣服，一眼看上一件外套。试穿了一下，挺好看，也很舒适。询价，九折下来一千五百多，老板说不能再优惠。我感觉太贵，心里暗暗博弈，再未表达喜欢之意，想让老板少点儿钱。可一直到我出店，老板都没有挽留商量价格的意思。

从那个服装店犹犹豫豫走出后，我转遍了整个县城所有的服装店，再没有一件入眼的。宁愿冷着，也不将就。

我一边在街上走，一边在脑海里搜寻很多有关放弃的心灵鸡汤说服自己。要勤俭节约，要会过日子，那衣服好看舒适，但确实有点儿贵，买件便宜点儿的吧！可是，我真的很喜欢！其实，现在即使在不考虑价格的情况下，也很难遇到一件真正喜欢的衣服。我一会儿想通了，一会儿又陷进去了，久久徘徊。

孩子放学时间到了，暂时放下买衣服的事，去接孩子。回家后各种忙，做饭，洗碗，辅导大宝写作业，间隙时间打扫房子，陪二宝阅读，忙得忘记了穿衣打扮的事。

我突然想起作家刘瑜的一句话：如果你想逃避自我，那么就结婚、生子，琐碎的忙碌可以让你忘记寻找自我。

一直忙到晚上十点，两个孩子都洗漱睡觉了，我终于可以享用属于自己的时间了，半躺在床上，拿起了放在床头的书。

翻书片刻，我又想起了那件“一见钟情”的衣服，想象着自己穿衣拍照时的陶醉状。但是，一件衣服一千五百多，对于我目前的消费水平，真的有点儿贵。

那晚，我梦见自己穿着那件漂亮的衣服，漫步在落英缤纷的乡间林荫路，转身望着镜头美得如诗如画。

第二天上班途中，不知不觉我又路过那家衣店。其实不顺道，是心意使然，蓄意路过。

走近，看到店里老板正在擦拭衣镜。我一眼看过去，幸之，那件衣服还在。

我再次走进店里，莫名地有点儿不好意思，和老板聊着天气，说是路过，进来随便看看。我刻意打量着其他衣服，又试了几件，可心思和眼睛的余光全在那件衣服上。最后，我还是又一次穿起了那件外套。

再次确定，真的喜欢。

第一眼看上的东西，也许兜兜转转，最后还是会回去。

对自己好点儿，刷一次信用卡！我做了决定。可我正准备拿出卡的时候，看到老板打出的金额竟然是一千六百多。

昨天不是说九折之后是一千五百多吗？怎么涨价了？我有点儿不悦。

老板说："昨天是活动价，打九折，今天恢复原价了。看你这么喜欢，也不差那一百多元钱，拿上吧！"

老板似乎胜券在握。

顿时，我有种被坑的感觉。是因为我回头？是笃定我喜欢，所以抬价？

算了，那就不买了！我忽然想要个长款，短款太冷。尽管爱不释手，但我还是放下了那件衣服。

"你那么喜欢，就因为一百多元钱要放弃？"老板似乎笃定我会买。

"是的，我回头来，证明我确实喜欢，想买。可是，你也不能仗着我喜欢，就不作任何让步，甚至抬价吧？"

在她踌躇权衡间，我转身离开。

“我可以专门绕道来，也可以带着傲气走。我用九十九步证明我的喜欢，最后一步留给尊严。”这熟记于心的抖音文案引导着我的脚步前行。

街头很冷，但我还是昂着头，裹紧衣服，向前走。

“丫头，回来！我就破个例，九折拿走！”身后传来老板的呼唤声。

我回头，两个人都笑了。

“这丫头，还挺倔的！”老板说着，给我看了电脑系统，公司果真都调回原价了。

我第一次刷信用卡，买那么贵的衣服。她，作为品牌店的老板，也是第一次破例，在非活动期间打九折。

最后，我们都成了彼此的例外。

买衣如此，爱人如是，愿我们都能成为彼此的例外。

空白

我喜欢白纸。

纯白纸，没有任何条条框框的限制。写起东西思维仿佛不受任何约束，可以天马行空。白纸放在身边，你可以做很多事，灵感乍现，随时跃然纸上。读书至精彩之处，随时摘录精妙之语。或是记一些事儿。或者什么都不做，只是望着它，就觉得十分美好。

空白有无限种可能。

后来，我开始独爱空白，不只限于白纸，对生活也是。

空白充满自由，不受束缚，可以随时开始。曾在一些奋斗的关键期，为了给自己多留一份思考空间，我甚至不惜拒绝一些美好情感的开始。我想要留出空白，思考，发呆，邂逅一些灵感和创意，或是安心做一些事。

综观万物，也许有些东西存在的意义就在于空。如杯子，房子，真正有价值的东西是其中的空间。当然，没有外围优质的实，也就没有内在精致的空。空实结合，才有意义。也许，生活也如是。只是一味地忙，无空可闲，看起来充实，其实生活的意义已大打折扣。

也许，实中有空，忙中有闲，才是生活的本真。

白，同样意味悠长。文字的留白，是意犹未尽的遐想；音乐的留白，是此时无声胜有声的意境。人生亦如此，处处需要留白的智慧。工作不要安排得太满，得有空间去思考创新；生活不要太忙，得有适度的闲暇，随时重启；人际也需留白，亲疏有度，话不说满，留有边界和余地。

人生有一种智慧，叫留白。

也许，沉默是最好的留白。有时，不说比说更有力量，认真倾听比滔滔不绝更能说服对方。适当沉默，巧妙留白，毕竟，思考与倾听，都是不用出声的。

留一些空与白，给予想象力飞翔的空间。不要试图去填满生命的空白，也许生活最美妙的闲逸之笔就来自那空白深处。

定格的美好

整理旅行记忆，那个夕阳下的金沙滩熠熠生辉。

那个暑假，我们几家人结伴而行，去一个海滨城市玩。

几经周转，我们终于到达目的地，找到了满意的住处——一座海边别墅。一进门，应有尽有，比家里还舒适。孩子们开心地在地上打滚，男士们叫了一扎啤酒，说要庆祝美好下榻，几个女同胞说要好好冲个澡。

下午，大家都不打算出去玩了，就在室内休憩。

我洗漱完毕，打开窗户，好美！沙滩、海浪、椰子树，真的是梦幻中的旅行美景。不负好时光，我拿出一本书，坐在了窗前。

“好美啊！”正在做面膜的艳儿进来了，“我得赶快拍张照片，你千万别动！”

一个女子坐在飘窗前看书，背景是蔚蓝的大海、金色的沙滩，还有椰子树……爱好摄影的她，一边取相机，一边在绘声绘色地描述着。她说，这是她寻找已久的景致，今天我帮她塑造了。

我爱美，也爱塑造美。一说要拍照，我马上整理好表情，摆出最优雅的姿态，打算用最完美的表现来配合她的拍摄，做一回纯正的摄影模特。

随着她按下快门，那美好的一幕在镜头中定格。

不知不觉，沙发上，床上，地板上，都是他们横七竖八的酣睡样儿。来的路上几经辗转，都累坏了。我帮他们一一盖好毯子，一个人去沙滩上散步。

夕阳下，海天相吻，南方特有的燥热褪去，天边的晚霞像刚喝过红酒的女子，脸庞绯红。此时，耳边飘过许巍的歌声……

海风习习，时而拨弄着我的长发，时而俏皮地掀起我的裙角。我脱掉鞋子，一个人漫步在夕阳下的沙滩。

不远处，我看到了一个人，正坐在沙滩的长椅上，静静地望着夕阳。走近一看，是一位长者，头发花白，戴着眼镜，衣着讲究，妆容精致。

我过去搭讪。她很健谈，我们聊了很多，从家庭到工作，再到人生，她为我指点了不少迷津。

我一直记得她最后说的那句话："孩子，勇敢向前走，时间会不折不扣地记录一切。等老了的时候，坐在夕阳下慢慢翻阅，挺美的。"

她一脸陶醉状。身后，夕阳的余晖把她的影子拉得很长很长……

"原来你在这里。"

我回头，老公在不远处带着儿子走过来了。

我穿上鞋子，转身向他们走去。

儿子跑过来，扑进我的怀抱，像分开很久似的。

老公在微笑着："外面有风，我们回去吧！"

我点头示意。

儿子欢呼："这有贝壳，我要捡一些再回去。"

一家人手牵着手，漫步在沙滩上，欢呼着，嬉笑着。

美好的记忆，在那里定格。

保鲜

情人节，他送给我三个苹果，上面印有“我爱你”三个字。我舍不得吃，把它珍藏起来。

我时而把那几颗苹果拿出来看看，嗅嗅味道，看看文字，又开心地放回原处。

有一阵子，我忙得没顾上看。有天忽然想起，拿出来一看，几颗苹果全变成皱巴巴的了。顿时，我有点儿伤感：不管怎么珍藏，保鲜期还是过了。

要弃掉吗？不，水分尽失，已成标本，我要继续珍藏，能多久就多久。我又把它放回了原处。

感慨：也许有些东西不宜珍藏，当下拥有就好。

我转身，他正站在身后静静地看着我，一脸深情。

他摸摸我的头：“你这小丫头，这么在乎啊！没想到你能把它珍藏这么久，是情人节我送给你的吧！”

“谁在乎了！都快坏掉了，送我的东西一点儿都不长久，改天我就把它扔掉！”我总是那么喜欢“损”他，如此的口是心非。

他说：“今年春天，我打算在山上栽一棵苹果树，一棵只属于我们的苹果树。每颗果子上都印上‘我爱你’，让你永远都拥有晶莹剔透的‘爱’。”

有些承诺，也许不一定要兑现，此刻即永远。

珍惜当下，就是最好的保鲜方式。

花事

在我的小千世界，常常有花草相伴，芬芳而又有生机。

我每天上班看到桌上的那盆小绿萝，一天比一天水嫩葱绿，小欢喜油然而生。

有天中午，我从书店回来时路过一家花店，进去转悠。看到一盆巴掌大的小绿萝，觉得甚是可爱，就买了带回办公室。

一天天陪伴，小绿萝开枝散叶，长得葱葱郁郁，青翠欲滴。每天清晨一进办公室，我都会习惯性地看看花。自己一天天养大的花，跟刚买来时的感觉不一样，多长出一片叶子都会觉得欣喜不已。

我每次外出学习，都会特意嘱咐办公室同事给花浇水。可每次回来，不是旱就是涝。她抱歉地说，总是养不了花，家里的花也都被她养没了。还好，这花一经我的手，几天就又恢复了生机。

家里也是。刚装修完房子的时候，买了不少绿萝分解吸收甲醛。我去新房少，基本都是他管理，一段时间后，绿萝都快枯萎了。入住一个星期后，经我精心呵护，所有的绿萝又恢复了生机，一片绿意盎然。他说："你是水命吧？"

能让身边的事物变美好，也是一种小确幸。

绿叶花一般比较好养，但有的人太精心，干预过多，养分过剩，"涝"了；而有的人，遗忘太久，缺少滋养，"旱"了。水量适中，呵护有度，自然生长就好，像极了友谊。

其实，难养的是鲜花，因为它一般花期都短。它能赠你浓情蜜意，也能让你顿生飘零落寞之感，有点儿像爱情。

即使难养，但多数人喜欢鲜花。也许生活如果没有了鲜花的点缀和奖励，可能也就少了几分憧憬和向往。

当然，我也更喜欢鲜花。青春时代，尤其钟爱玫瑰，喜欢它的炽烈。结婚以后，我也开始喜欢百合。玫瑰带刺，有时会伤到我的孩子；而百合温馨，全家欢喜。但二者无法相互取代。

每逢一些特殊的日子，我也会为收到几支玫瑰而开心好几天，且时而激起文字的芬芳。我曾为鲜花写过一首小诗——《花期》，在这里予以分享：

花谢了，但没有关系
我已把它收藏成了标本
花瓣会褪色，但记忆一直散发着香气

在某个清晨
我依然会为一支带着露珠的玫瑰而欢欣雀跃
花儿会谢，但不能因此而拒绝花开

爱花，包括它短暂的花期

当然，毕竟平静的日子多，可以捧着鲜花、戴着花环的时间少。陪在身边的，更多的是绿叶花。也许生活有绿叶的衬托滋养，也有鲜花的主题点缀，才更美好。

爱绿叶，也爱鲜花。愿生活有小确幸，也有大惊喜；有幸福，也有快乐。

健身也健心

早晨上班途中，偶遇一熟人。她说我变了，尤其是瘦了很多，身材比以前更好了。问我是不是减肥了，我说健身了。

她微胖，想讨经。我用女人间的推心置腹，交流一二，她立刻现出一副行动状。我顿觉美好得到了传递，有点儿小小的成就感。简单寒暄之后，别过。

一路上我在想，其实那段健身的时间，我同时也健了心。

三八节，在“女人要善待自己”的各种心灵鸡汤海量宣传之下，我开始深度思索女人变美这件事。思考还一度延伸到了女人奋斗的意义，为健身加了一番分外的思考。

女人奋斗的意义有很多，其中应该要涵盖到给他一个高配的爱人。女人不必刻意讨好男人，但是应该给男人奋斗的动力。也许不是每个女人都可以做到光芒四射，但至少应该努力追求精致。

顿时觉得，女人变美，承担了一定的使命，义不容辞。对美的追求，再添新能量。

书房安内，衣柜安外。我这人买书特别舍得花钱，家里的几处书架几乎都是满的。但是，在买衣这件事情上我舍不得花钱，衣橱不常添新衣。每过一个季节，我都会很庆幸地说：这个季节终于又过去了，买衣服的钱又省了。所以，我可能从来没有充分美过，“安外”常被忽略。

但是，仔细研究女人变美的策略之后，我想到了另外一个安外变美的办法，那就是健身。有美美的身段，应该穿什么衣服都好看，且以前瘦时买过的衣服又可以派上用场了。

我的执行力一向比较好，在美的驱动下，即刻行动，我报了一期健身私教。

我的健身教练是一位动中有静的女子，不仅有完美的身材、恬静的性情，而且很有才思。跟她健身塑形的那段时间，我不仅身材恢复到了产前，心间也收获了很多美好。

下雨了，她开车来楼下接我去上课。一路上她调侃我住的是海景房，我夸她是对会员呵护有加的高级私教。谈笑间，我差点儿忘记兜里还有一个带给她的热鸡蛋。

偶尔，晚上瑜伽过后约一节私教，整个瑜伽室成了我们两个人的小天地，上完私教各种美拍，然后晒个朋友圈——我和美女私教。

天色晚了，她开车送我回家。我们的车穿行在城市的夜光中，绕个道谈笑风生。两个人略有见底地偷偷交流家庭生活的策略，一起窃笑：他和他今晚会不会乖乖就范，已经照看孩子完成了作业，干完了所有的家务，落入了我们用小心思编织成的“小圈套”。

然后，我们开心地回家，和家人更愉快地相处。

记得那段时间为了补充蛋白，我每天要吃很多鸡蛋。但是为了防止摄入过多脂肪，蛋黄每天最多吃两个，家里存下很多。刚开始，家人吃。可没过几天，一听到“蛋黄”两个字，老公和儿子就开始跑，再也不帮我吃了。可是扔掉又浪费，我心里暗暗对他们有点儿小怨气：以前那么爱吃鸡蛋，怎么突然就不吃了！分明就是存心的嘛！

我把这事说给教练听，她哈哈大笑：“这就对了！”我心存疑惑，听她慢慢讲来。

她说，以前健身时，她也是这样吃的。蛋黄刚开始家人吃，后来家人不吃了，她就把蛋黄拿给小区里的流浪狗吃。刚开始小区里的小狗一看到她，别提有多欢喜。可过了一段时间，小狗一看到她，就拼命地跑开了，像逃命似的。

我突然恍然大悟，两个人捧腹大笑，笑到直不起腰。

一笑之间，把对家人的那点儿小怨气完全释怀了。

周末或闲暇时间，我带她去读书会，她带我去学茶艺，两个人似乎远远超过了私教与学员的关系。

那段时间，我感觉塑形的不仅是身体，还有心灵。在那一个个健身的瞬间，我思想上有不少感悟。

印象最深的是第一节呼吸课。

训练收敛肋骨微阔。不断地吸气—呼气，吸气—呼气，吸气时扩胸，呼气时充分收肋骨收腹。我听从教练的口令，有节奏地训练着腹式呼吸法。

教练示范一遍，我发现一处区别：她的呼吸，吸短，呼长，可以充分收腹收肋骨。

“吸短呼长，此项训练吸是为呼服务，对吗？”我顿悟。

教练低头：“对！因为呼气是在塑型，呼气越长越可以充分收腹收肋骨。”

我一边训练一边联想到了生活。也许我们平时的阅读、学习、思考，都是在“吸”。吸收之后，只有“呼”出，才能“塑型”成长。对，读是“吸”，是输入；写是“呼”，是输出。低调吸，高调呼。

虽然此呼吸与彼呼吸有区别，但这一呼一吸之间让人豁然开朗，有所感悟。

一路回想着那段健身的时光，不仅健身也健心，身与心都留下了美好的记忆。

我打算在“吸”之后立即有一次“呼”。我打开电脑，敲击键盘，原汁原味地记录下这次“呼”。

简约生活

简单陈设

姐姐说，她喜欢我家。简单，舒适，自在。

房子装修风格简约，空间开阔，采光好，可以俯瞰周边风景。我待客简单，没有繁俗缛节，让人轻松自在，宾至如归。

外甥女高考刚刚结束，姐姐问她最想去哪里？她说，最想去小姨家，因为小姨家到处都是读书角。

真是。飘窗临湖，上面放了小书桌。书，笔，纸，伸手可得，阅读可以随时开始。床头有书，可以倚床而读。落地窗前是茶桌，坐在窗前，可以品茶，赏景，也可以看书。

客厅陈设简单，沙发，茶几，瑜伽垫，书架。家里很少有多余物品，要说饰品，可能就是茶几上时而会有鲜花。

简约生活

外甥女说，她特别喜欢小姨的生活。精致。

精致也许谈不上，但我有“简爱”情结，生活一向是简约风，但不失仪式感，时而有情调，收获小确幸，拥有小幸福。闲暇时间，我喜欢一个人散步，或是逛书店、看电影，或是在家博览群书，写写文字，练练瑜伽。

饮食喜清淡，不喜过多加料。我比较注重养生，喜欢吃原汁原味的时令蔬菜、水果，以及新鲜的蛋奶和鱼虾之类。

爱美，注重养颜。我以前用护肤品喜欢用水和乳，现喜用精华，省去一些可有可无的东西。

语言喜简洁。我觉得人的总能量守恒，语言过多，会白耗能量。

精神和情感追求纯度——香水式的凝结与淬炼。

不喜应酬，远离喧嚣。不喜言不由衷，不喜逢场作戏。让我累的关系，无心去维系；让我状态不好的人，不想去结交。

喜欢一个人旅行，想去哪里说走就走。只身背包出发，坐火车，喜临窗而坐，一路看景。独步千里，从不孤独。

很多时候，我有意识地让自己充分独处。也许，人只有在独处的时候，各种内在的天赋和思想的叶片才能得到充分舒展。

生活本应简约，精致。这里分享一则周末小记：

清晨，起床，爬山。

早餐，送孩子到吉他班。

择一咖啡馆，临窗而坐。

一书，一笔，一咖啡。

简约生活，独享时光。

节约热情

我经常对儿子说，人的总能量有限，少做多余动作，把精力留给有意义的事。

一个人不可能永远热情充沛，所以要节约热情，学会冷淡。无需对所有人热情谦和，多留一些温暖给亲近之人。

当然，也需把握好人与事之间热情的分寸。跑步途中，多留一些热情给脚步。不要为了热情招呼路人，而影响了自己前进的速度。

余生，简约生活，节约热情，把爱和温暖留给值得的人和事。

抑或读后感

如果你有段时间生活特别安静，我推荐读《瓦尔登湖》。

从拿起书的那一刻起，你也许会如笔者一般身临其境，远离喧嚣，开始拥有大片的时间。此刻你大概进入的是《阅读》章节。

每天似乎不再是一个个星期中的某一天，时间没有任何标记，没有被切碎为分分秒秒，也没有因被滴答的钟表声困扰而不安。每天只拥有宁静的生活，晨起而作，日落而息。一天不被生活的琐屑打乱，不被喧嚣干扰。一切劳作不为沽名钓誉，不为积累财富，只是因为喜欢。

我时常想，如果职业可以自由选择，那么我将选择当旅居作家：踏遍千山万水，阅尽风土人情，看尽人间繁华。如果累了，就让自己悠闲下来，读人间佳作，写心间美文，滋心健体，养颜喜乐。

但是，踏遍千山要有大量时间，且要有充足的旅费，一时可能难以实现。而阅读，静坐一隅，便可日行万里，在精神世界徜徉，畅饮心灵的甘洌琼浆。

所以，在旅和居之间，应该选择居多一些。

平日里，我们可能被语言包围，但大多是口语。阅读的文字，即书面的表达，是谨慎而含蓄的，是口语的成熟形态与精炼表述，是思想的结晶，值得我们研读。书中说，文盲有两种，一种是完全目不识丁的人，另一种是能读书识字，可只读简单易懂之物的人。读书人很容易成为第二种文盲，与侏儒王国相匹配，无法登大雅之堂。

读书，且读经典之作，与高尚的灵魂对话。

翻到《访客》章节，读到“我的屋子里有三把椅子，我一个人的时候用一把，交朋友时用两把，交际时用三把”这段文字时，也许你会忽然停下来，顿悟：两人对话属于交友，三人属于交际？原来我喜欢交友，不喜欢交际。

交际可能为了顾及第三人的感受，需要说言不由衷的话，消耗精力，久了会累。如果是两个人，可以畅所欲言，也可以什么都不说，而只是沉默，任一帧帧时光静静流过心间。

《访客》提示，你的思想得有足够的空间，才能让它启航，转两个弯，到达彼岸。同样，我们的语言也需要有足够的空间来让我们的思想发散开来。人与人之间，如同两国的边界之间要有合适的中立地带。就好比你扔两块石子到平静的水中，要是离得太近，他们会破坏彼此的涟漪。所以，边界感很重要。

说到交友，阅读可能是最佳方式之一。无须克服多大障碍，你便可与很多思想精英和高级灵魂邂逅。如果愿意，从古到今，从中到外，和他们一一开怀畅谈，从中呈现的，都是他们人生经历和思想凝练的精华，经过沉淀淘洗，如金子一般闪闪发光。也不知是其中哪一句，照亮了未来之路，开启了新生活。

平静的瓦尔登湖，是否能激起你心中的涟漪？继续往前走。

迫不及待地翻到《尾声》：“我离开森林，就跟我进入森林一般，有着同样充分的理由。我觉得也许还有好多种生活可过，我不必把太多时间用在一种生活上。”

合上书，意犹未尽，瓦尔登湖还在我面前闪烁着粼粼波光。写下自己的一些感悟和体会，是摘录精华？是复述？是撰编？已辨别不清，也许加诸自我感悟，已浑然一体，变成了自己的思想。

也许，这正是阅读的意义所在。

照料心情

那日，我放下手头的事情，一个人溜进了老城的街巷，随心漫步，照料心情。

抚拭旧梦

走进一家书店，人不多。我静静地浏览着书架上的书，搜寻着自己喜欢的书籍。

驻足，从书架上取下了商务印书馆出的大词典，一页页翻阅，轻抚着一行行字，闻到了淡淡的原木香。

拥有这样一本崭新的大字典，曾是我小时候的梦想。那时买不起这些工具书，我用的是姐姐们用过的一本小小的旧字典，已是缺字少页，破烂不堪。那时我多么希望能拥有一本大大的新华字典，可以查到所有的字词，让我徜徉其中，在语文面前所向无敌。然而，这小小的愿望一直没能实现。

现在条件好了，终于有机会买了。我真想把这些大字典、词典、成语大全统统买回家，放在书架上，即使不用也觉得踏实。但仔细想想，这些太厚重，用的时候不方便，又放回去。

曾经的旧梦，轻轻抚拭一下，再放回原处，足矣。

悦 己

出了书店，走进一个小巷，在青石板路上走一段。

转过一角，眼前有柳暗花明之感。这里有一个文具批发市场，很大，各种文具应有尽有，我来过一次之后就经常惦记着这里。

一到这儿，没需求也会滋生出一些需求。各种小笔记本，各种笔，各种橡皮……总之，和读书有关的精致小物品似乎都喜欢，尤其是那种纯白纸笔记本，我特别喜欢。

这些精致的小物品也不贵，喜欢就随心买一些，悦己。

结账的阿姨说："你挑选的这些物品都很精致。"

我突然觉得自己的审美观得到了肯定，心生一丝喜悦。

旁边有人搭讪："这些笔记本都是给你自己买的吗？不像学生用的。"

"嗯嗯。"我微笑致意。

“你经常学习？都学些什么呀？”

“也就是简单记一些东西。”

我没有过多扯开话题，有时说了别人不一定能懂，或者接下来又会有一连串问题。

萍水相逢，浅浅交流，淡淡别过就好。

饮一碗烟火

路过一家小吃店，金黄的油条，飘香的豆浆，对我蛮有诱惑力。我上大学时的早餐经常是豆浆油条，几乎成了嗜好。后来注重养生，我不太吃油炸食品了。今天我打算任性一回。

店里的几个人在拉家常，聊哪家卖菜的是半路夫妻，但又是多么恩爱。说现在媳妇难找，论哪家的女子得了高彩礼，又笑谈哪个农村的傻女子一进城就跟人跑了……

我一边喝豆浆，一边在他们的家长里短中体味芸芸众生的各式生活。

结账，一大碗豆浆和一根大油条一共三元钱。那老板很实诚，说豆浆盛得少了不好看，多了又烫得端不了。他给我盛得很满，我都喝不完。很久没有在外面的小吃店吃东西了，还真是实惠，三元钱一顿早餐。做小吃摆小摊的人赚钱真是不容易。

人啊，各有各的苦，乐观就好。

选择权

继续往前走，进了以前上学时经常喜欢去的化妆品小门店。我只是看看，没有买。现在的脸上用品，我一般都会去专卖店买。

店里人来人往，生意依然红火。一盒面膜五张，五十元买一盒赠一盒，有两个女的觉得贵，在讨价还价。

最后讨价未成，她们依依不舍地放下面膜离开。看眼神，是真的想买；看衣着打扮，应该是真觉得贵。她们应该是自己没有工作，皮肤粗糙，且看起来有些慵懒。

我突然觉得奋斗真好：有稳定的经济收入，可以购买自己喜欢的东西。生活虽然谈不上小资，但一般的生活用品，还是可以有很大选择权的。

加点儿甜

街边飘来面包甜点的香味。最近一直在健身塑型，好久没碰过这些面食甜点了。进店，甜点有红色玫瑰馅儿的、紫色甘薯馅儿的，还有蜂蜜红枣的，让人垂涎三尺。

纠结几秒钟，决定随心。我选了两块甜点，玫瑰和甘薯馅儿的，打包带走。包装很精致，赏心悦目。里里外外的喜欢。

今天不考虑健体瘦身，只照料心情，任性地吃一回甜品。不妨适时任性一次，给生活加点儿甜，犒赏一下自己。

独享时光

回家午休，靠在窗前的座椅上，阳光正好。我一边吃着甜品，一边听着蔡紫声情并茂的朗读：

初见你时你给我你的心，
里面是一个春天的早晨。

再见你时你给我你的话，
说不出的是炽烈的火夏。

三次见你你给我你的手，
里面藏着个叶落的深秋。

最后见你是我做的短梦，
梦里有你还有一群冬风。

我喜欢的声音，我喜欢的阳光，我喜欢的诗，一切都是刚刚好的样子。

好美的情诗，但有几分伤感。我很感恩生活可以四季轮回。冬天不是结局，接下来还可以是春暖花开。

心绪泛起涟漪，敲打键盘，溅起了一串串文字。记录小事件，感悟小幸福。

也许，生活的美好都是因为一些小事。今天，只做一些照料心情的小事，在细微之处见美好。

相约茶艺

阳春三月，几位女子与茶艺相约，相继走进山居阁楼。

一

开门的是一位着茶服的女子，淡淡的粉色，优雅知性，一脸精致，浑身洋溢着春天般的气息。这是今天的茶艺老师G姐。

上楼，装修简约雅致，有插花、钢琴、读书间。走进茶艺室，茶具都已摆好，明媚的阳光洒满茶桌，窗外杨柳依依。

一位雍容温婉的旗袍姐姐走进来，拿着几件茶服，招呼我们选自己喜欢的颜色更衣。这是阁楼的女主人，四十多岁的样子，W姐。

初见，大家简单交流，谈茶艺认识，自成风格。

Q女子，瑜伽馆教练，懂茶，学茶是为了更好地品茶。

L，本女子，茶艺小白，为了品茶静心，娴熟驾驭生活艺术之美而走近茶艺。

A 女子，从事化妆品行业的年轻女子，已是三家品牌店的老板。为了解茶桌文化，会同频之人而学习茶艺。

Y 女子，大三学生，一脸文静，皮肤白皙，为了更好地学习空间设计而接受茶文化熏陶。

M 女子，从事装潢行业，为了陶怡性情，改变气质和形象而接近茶艺。

D 女子，美容行业，为结识一群爱美懂生活的女子而来。

风格各异，各美其美，但都是爱生活、懂品味的女子。

二

在谈笑风生间，茶艺课开始。在 G 姐的引领下，我们一起走进茶史——

茶之初，味苦，为荼。

茶之为饮，发乎神农氏，闻于鲁周公。

《三国志》中有吴国孙皓“密赐宠臣以茶代酒”之佳话。据说，此为“以茶代酒”的最早记载。

唐代时，茶有了自己的名字，即“荼”去“一”为茶。陆羽的《茶经》问世，相继出现“茶马互市”。后来，在运茶的漫漫旅途中出现了“茶马古道”之说。

…………

G 姐讲得绘声绘色，我们如沐春风。W 姐不时为我们斟上各种上好的鲜茶，优雅如茶仙子。

品饮几杯新茶，在唇齿回甘间，六大茶类娓娓道来。听茶史、观茶色，闻茶香、品茶味……一边知理，一边实践，茶艺学习如春风化雨般润入心田。

三

轻闻茶香，浅悟茶道，有一些感悟共会。

“摊晾”，是绿茶采青后的一道工序，即蒸发一些水分。

品茶间顿悟，写文也如加工绿茶。写文字“摊晾”不可少，即整理素材完成初稿后，适度公开晒圈。然后，督促自己不断修改完善，“蒸发水分”，最后只剩“干货”时，收起。

我每次写文晒圈，随后又设置为私密，就是一个“摊晾”修改过程。感谢圈里的一双双慧眼聚成“阳光”，助我完成写文的“摊晾”工艺。

摇青，是青茶制作中的一道重要工艺。即通过三摇三置，使茶叶间相互碰撞混合，在一摇一放间，激发茶叶产生香气。

仔细斟酌，深觉人际交往正如茶叶摇青。人与人之间的接触，交往，思想碰撞，往往可以激发出灵魂的香气。这就如朋友间产生的美好情感、男女间的爱情，往往能使整个人都变得美丽、善良，散发出内在的芬芳。

心间碰撞如茶叶“摇青”，愿我们都能遇到更多美好之人，碰撞出更多思想火花，产生更多的灵魂香气，在茶香间品味人间芬芳。

“渥堆”，是黑茶的一道发酵工序，即把晒青毛茶堆放在一起，洒水覆盖，使之在湿热作用下发酵一些时日，可消除青草味，使茶的滋味变醇厚，历久弥香。

忽觉人生沉淀，如茶发酵渥堆。白驹过隙，青春易逝。但若能沉得下心，耐得住寂寞，潜心沉淀，耐心蓄力，便可褪去青涩，酝酿出另一番滋味，风韵长存而经久不衰。

雨中写意

中午，我和友人在街边的一家咖啡馆临窗小坐。雨天，店里人不多，轻音乐忽隐忽现。我们的话语不连续，留有空隙，时而发呆，时而望向窗外。

街头，雨淅淅沥沥地下着。一位打着伞的女子映入眼帘，衣着知性，脚步轻盈，溅起的一颗颗小水滴落在了身后，她进了三楼的瑜伽馆。

一个小时的样子，女子下楼，进了旁边的美甲店。我在想，那是怎样的一双纤纤细手，又有着怎样的配饰。

没一会儿，她走出了美甲店，走进了同一家咖啡馆。伞放在了门口，她轻轻掠了一下发梢，一头不长不短的秀发，一脸文静。

我接了一个电话，抬头。那女子已经坐在了不远处的对面，一杯咖啡，一小碟甜点。她从包里掏出一个笔记本电脑、一本书、一支笔，时而看书，时而敲击着键盘。

她会写些什么呢？小窗轩记？有关心灵？女子悦目，文字应该也赏心，散发着淡淡的香气。

我低头思忖。抬头间，目光相对。她露出淡淡的笑容，一脸芬芳。

朋友示意，那女子是不是像一个人？

我说，有一点儿，似乎是同频之人。

我和友人离开了咖啡馆，去了电影院。但那雨中的女子和甜品店的轻音乐，却像电影中的慢镜头，还在眼前回放。

片段

我外出“充电”一段时间归来，工作和家务得赶快进行“恶补”。紧张的学习刚刚结束，新的奋战又拉开序幕。

一

首先，利用一周时间，把堆下的家务和工作处理好。

婆婆手术刚做完，我们家的房子较暖，接公婆过来和我们一起住。表孝心的时间到了，我得好好孝敬一下公婆，做名副其实的好媳妇。除了此主因，还有一附因：讨老公欢心，消解他因我外出学习而积的怨气。

每天早上六点，我准时起床，做早餐，整理房间。饭后，匆匆出门，送两个孩子上学。做好绝对的贤内助。

八点准时到单位，向领导汇报学习情况，请示当前工作安排，做好下一步工作计划。精进加快进，把学习期间堆积的紧要工作快速完成。下班时间到，发现一天忙得没喝一口水。

下班接孩子放学，路上买菜，回家做饭。辅导大宝写作业，陪二宝读童话故事。偶尔，有老公陪孩子，我会偷偷溜出去练瑜伽一小时，或沿文化长廊散步一圈儿。到晚上九点，把两个孩子安顿入睡。

陪公婆说会儿话吧，询问他们是否适应这里的生活。公婆都基本满意，唯一不适之处就是他们习惯了暗光早睡，而我们平时休息晚关灯迟，老人家睡不着。立即执行，从此晚上九点准时熄灯，老公作为“舍长”，监督大家严格遵守作息制度。

每晚九点，我随家人准时休息，一天中唯一属于自己的一段自由活动时间也没有了。

晚上，我躺在床上回想着一天的生活，似乎一直都处于奔忙状态，可感觉还有很多事没有做。我要仔细捋一捋，看看哪里还有时间可以挤一挤，以拥有更多的时间，更好地去热爱这热气腾腾的生活。

二

一周以后，家里和工作的事已基本理顺，我得开始自己小千世界的计划。

我把近几年的微信日记整理了一遍，只言片语积累了十几万字。有摘录，有阅读心得，有小情绪的宣泄，也有微感悟的抒写。朋友圈由刚开始纯个人生活照的“高调”发圈，到后面微文字的“低调”可见；从前几年的全公开，到后几年的仅少部分好友可见，或是仅自己可见……在整理微信日记期间，我仿佛重温了一遍生活，也看到了自己近几年的不断成长。透过微信，重温的不仅是生活，精神轨迹也隐约可见。

感谢自己！感谢自己一直以来对生活的那份热爱，感谢自己的积极乐观和阳光自信。感谢自己可以百折不挠，一直保持奋进的姿态，十年后还可以重拾旧梦，并一举为之画上圆满的句号。我感谢自己对文字和摄影的热爱，图文并茂地记录了这么多年的生活，让我有如此“丰厚的记忆”可回首。

也要感谢一些朋友的一路相伴。从我 2013 年 11 月第一次在微信发朋友圈开始，你们一如既往地陪伴、点赞。今天，你们依然在，很感谢你们审美没有“疲劳”，一路鼓舞相伴。

往后的岁月，我会一如既往地热爱生活，热爱图文记录，不是为了对谁表露心迹，也不是为了炫耀自己的生活，我只为自己在悠闲可回首的时光，有一本“美好厚实的记事本”可翻阅。

三

第三周，孩子放寒假了，公婆回老家筹备过年。我开启了假期全职带娃模式。

两个小男孩天天在家“大闹天宫”，五分钟不在视线内，再看已是“飞镖”满地。何为“飞镖”？除了玩具，家里只要能扔得动的东西都可以充当。沙发抱枕是他们在地板砌城堡的“砖块”，谁敢动一下他们的“城池”，倒下的不只是“城堡”，还有两支愤怒的“军队”——孩子会打滚哭得“溃不成军”。我只能“投降”妥协，以求得和平无事。

一会儿没动静，去洗手间一看，小家伙儿已坐在洗手盆里，洗澡洗得不亦乐乎。衣服全湿，一天换三套。

我只要一开电脑，二宝就要坐在怀里，美其名曰“帮”妈妈“工作”。

我的“软管理”实在不行了，得让孩子他爸给两个小家伙儿实施“硬措施”。可老公一回家，两个孩子乖得像两只小羊羔一样。一背过他爸，就又开始“上房揭瓦”。全职妈妈真的辛苦，一日三餐最简单，陪伴孩子是最难。

孩子晚上入睡后，再忙会儿家务，已是晚上十点。我终于拥有属于自己的时间了。

休息一下，看看书，写写文字。老公却过来“叨扰”：别看那么多书了，都快成书呆子了！也别写了，房门打开人可见，心门打开遭惦记。再说，我也不愿意家事私事天下知。

他说的好似有理，但我突然有种身心被禁锢的感觉，仿佛唯一的精神出口都被堵死。

不行！不看书，不写文字，这个我做不到。精神“断粮”了怎么生活？

四

周末，老公带着两个孩子回老家，我顺道回趟妈妈家。

进村，我首先去三爸家看望已瘫痪半年多的奶奶。爸爸他们兄妹七人，轮流照顾奶奶。他们都在努力孝敬着老人，奶奶身体不错。

我问奶奶：“您最想吃什么？我下次回来买。”奶奶说，她好像没什么想吃的，好像生活已没什么期盼了。自从爷爷不久前走了之后，奶奶经常对着墙壁发呆，似乎变得生无可恋。原来心有所爱如此重要。

回家，妈妈早已准备好了我最爱吃的农家丸子。陪爸妈唠唠家常，为了“图文并茂”地展现最近的生活，我把手机上的照片和抖音视频给妈妈看了一遍。

她看完略有所思，“胸有成竹”地说:“我有一个发现，就是你特别喜欢照相！”老娘，你的点评真中肯啊！知女莫如母。

晚上，爸妈在悠闲地刷着快手视频。我来到隔壁房间，简单打扫一下，拿出随身带来的电脑和书本，开始记录最近的生活。

好多天没有这么安静了，终于又可以心无旁骛地享受自己的文字世界了。

坐在这个房间，感觉有点儿冻脚。我想起了十几年前的事儿：白天帮大人干农活儿，晚上也是在这个房子学习，那时是站在衣柜前。之所以站着接受冷冻的洗礼，一是站着不易瞌睡，二是我们家那时没有书桌，更无书房，只能站在柜子前或是趴在炕上学习。

回望那些艰苦岁月，苦中带甜，还好自己一路拼搏，虽然没有取得什么大成就，但是比起村里没有完成学业的孩子，还是让爸妈多了一份欣慰。

我打算晚上一个人在这个房间住，可到了晚上十点多，望望玻璃窗，总觉得有什么向里窥视，外面还不时传来村里的狗叫声。我开始胆怯。

平时每次回老家，都是和爸妈一起住，今夜想看书写文字，独住一晚，却着实胆怯。刚想去求助，发现妈妈在院子里走动，没有休息。她担心我会害怕，在暗中陪伴着我。

乡村的夜，很静很静。父母的爱，无声无息。

我想起了二宝，他晚上睡觉会不会哭？我给老公发了一条信息：二宝有没有问起我？有没有哭？

他回复：NO，NO。我突然觉得有些心安，也有些失落。

原来被需要是一种幸福。不想让对方因牵挂而痛苦，又怕他遗忘了这份惦记，人总是很矛盾。

我选择和爸妈一起住，妈妈像招待贵客一样，知道我爱干净，每次都给我准备专用的被褥。睡在妈妈身边，感受着妈妈的温暖，我又想起了童年的往事。

记得小时候，两个弟弟一左一右睡在妈妈身边。我呢，为了感受到妈妈的味道，就睡在妈妈的脚底下，即使闻到脚汗味，也是幸福满满。

和爸妈聊到深夜才睡。在外面打拼一圈儿，才感觉到原来待在爸爸妈妈的身边，是如此幸福，如此温暖。

生活，看似日复一日，其实每天都是崭新的。我珍爱着每一帧时光，我深爱着生活的角角落落。如果可以，除了想拥有很多很多的爱，我还想拥有很多很多的时间，以更好地热爱这美好的生活。

登山

抓住暑假的尾巴，跟儿子约好去登山。

清晨早起，外面还是夜色朦胧。先不去叫醒儿子，我打开电脑一边回味一边开始书写前一晚的美好雨夜。

无限遐想，惹出无尽的思绪，一气呵成完成了一篇有关雨夜的文字。意犹未尽，继续斟酌润色。

儿子突然大喊，登山迟了！七点出门，确实有点儿晚。

一路上看到不少已晨练完返回的人，我们似乎没有了早出发的优越感。儿子开始抱怨，怪我不早点儿叫醒他，还有梳洗和吃早餐也耽搁了时间。

其实，我内心一直有一个微认识：年轻人若是刻意用清晨一大片的时光来健身，是对时间的浪费。自觉一天中精力最旺盛的清晨，应该做点儿更重要的事，比如读书、写字，或攻克一些难题。

不过单就登山这一件事而言，早出发肯定有早出发的优越感。但既然利用清晨的时间完成了其他事，那就要找迟出发的乐趣。

我告诉儿子，早有早的优势，迟有迟的妙处。我们又不是参加登山比赛，重在乐趣。我们已吃过了早餐，背包里还带了书和相机，可以一路拍拍风景，遇到适宜的角落，还可以坐下来看书学习。现在下山的人，因为走得早，此刻可能已是饥肠辘辘，正着急赶回去吃早饭呢。还有很多人没有洗漱，能像我们这样美美地拍照吗？我们出发迟，但准备充分，可以好好享受登山的乐趣。

儿子听完我的话，顿时信心满满，兴高采烈地往前走。

途中遇熟人开车上山，我们没有搭顺风车，想看看沿途的风景。直达山顶，也许就错过了一路行走的乐趣和风景。很多事乐在途中。

路遇一警示牌：采时花溅泪，踏后草揪心。是的，要爱护花草。得意不折“花”，失意不踩“草”，是基本公德。

在一个岔路口，不知道该走哪条路。踌躇间，有两个年长者下山，阿姨说走这边，平坦；叔叔说，两条路都不错，各有各的景致。

哦！凭自己的直觉选一条路前行。即使第一次登这座山，也不问下山的人沿途或山顶的风景怎么样。也许留一种悬念，才觉得攀登有期待。

儿子开始喊累，坐在一块石头上，不走了。

从上山起，我一直走在前面，不断鼓励落在后面的儿子要坚持。可那样的激励和教育似乎已不奏效。我灵机一动，开始示弱，说自己累得不行了，想要下山了。

儿子突然精神振奋，主动拿过我的背包和衣服，冲在了前面，反过来鼓励我前行。

那一刻，我深深懂得，有一种鼓励叫示弱。

终于接近山顶。看壁画，是男女喜相逢的图。大概人间天堂，终是离不开人间美好情缘。

继续拾级而上，两边的铁链上有很多爱情锁。也许有些锁锁着，钥匙却丢了。有些钥匙珍存着，锁却早已被他人打开。不过，意义在于上锁的那一刻，想要天长地久，拥有彼此的整个世界。足矣。这世界唯一不变的是，我们都在变。

登上山顶，视野豁然开朗。孩子为自己成功登顶而欢呼。俯瞰四下，一览众山小的自得感油然而生。也许登山的乐趣一半在途中，一半在峰顶吧！

沿着一条石径，行至一片树林里。孩子坐到树桩上，拿出他喜爱的课外书开始阅读。我欣赏四周的风景，摄影。深入丛林的台阶，一片原生态的青苔映入眼帘，绿茸茸的。望着那一抹静谧的绿，我顿时心生欢喜。

我曾钟爱向日葵，喜欢它们永远向着阳光。随着年岁渐长，我不再向往长时间暴露在阳光下，也许暴晒太久会变得干涸。现在，我也喜欢青苔。远离喧嚣，自然润泽，在适宜的角落里安静生长，自在丰盈。

回望登山路，目之所及都是风景，心之所至皆是人生。

输出阅读

网购的几本书终于到了，我迫不及待地拆开快递，把每本书打开看看，貌似比我想象中还要精美。

心想，今天一定得发个朋友圈，晒晒书单。五本书，今日周三，一天一本，周末正好读完，题目就叫“本周书单”吧！发圈有时会督促你去坚持做一件事。你告诉了那么多人你要做什么，似乎不好意思中断或失言。不少人做事坚持每天发圈打卡，应该与这种监督作用有关吧？

按捺一下激动的心情，我决定先陪孩子完成作业，再发圈阅读。可我一边督促孩子完成作业，一边还是情不自禁地打开了叔本华的美学随笔。

读了几页之后，我之前的一些想法被颠覆。

作者反对大量阅读书本获取思想，他提倡直接阅读世事人生这本大书。他认为通过阅读获取别人的思想，与自身生发的思想相比，二者如史前时代的植物化石痕迹与在春天怒放的植物相比。

我开始纠结：既然他不提倡大量阅读，我究竟要不要把他的书坚持读下去。突然，我哑然失笑。就我这点儿阅读量，还担心阅读过量？应该担心是否够量吧！小顾虑被打消，继续往下读。

“如能把阅读的东西同化，吸收在自己的思想架构中，为己所用，阅读才是有效的。”我深以为然。

是的，阅读是一种“输入”。当我们“输入”之后，应该及时吸收利用，把阅读的东西整理在自己的思想体系内。在可能的情况下，应该适时地形成自己的“作品”，进行“输出”。

正如叔本华所言：“大量的单纯阅读会使我们的精神丧失灵性。”正如一根弹簧连续不断地受到“重压”就会失去弹性一样。阅读之后，思考领悟，去其糟粕、取其精华，而后吸收整理，适时“输出”。也许只有这样，才可以很好地把这种外来的“重压”变成前行的台阶和能量，同时避免沦为“不停地阅读别人，却不会被别人所阅读”的盲目“主动”阅读者。

“灵光闪现时的精妙思想要及时记录，否则会转瞬即逝，无法挽回地失之遗忘。就如我们的恋人，除非与我们缔结婚姻，否则也会跟从于别人。”对这段话，我有强烈共鸣。

就我个人而言，阅读更多的是为了寻找灵感。一本很喜欢但不厚的书，我可能一个月也读不完。其原因是我在书中看到一个词、一句话或一件事时，头脑中若有灵光闪现，就会停下来，静静停下来，任思绪之藤随意蔓延，任思想之香自由发散，并及时捕捉记录这些灵感。

当然，平时在生活中也如是，头脑中突然灵光闪现，也会及时记录在手机备忘录或随身携带的本子上。然后把这些如“昙花一现”般的思想植入自己的作品，再也不会遗忘。这就如同与“恋人”邂逅之后，“缔结婚姻”，不再离开。

此刻，灵感突然闪现，我放下书，开始“输出阅读”。

起始的想法已改变，不发阅读书单了，也许努力呈现阅读成果比晾晒阅读过程更有意义。尝试做到：“阅读别人”，时而也“被人阅读”。

写在春末夏初

就此告别吧。

为了这本书的出版，我从春天一直忙到了夏天。

我第一次写下书名的时候，是花蕾含苞待放的初春，心里想着赶快把稿件整理好，出去看花，旅行。

可是，书稿一整理就是几个月。其间，似乎走了很长的路。

我从2014年开始写作，几年断断续续写了不少文字。起初写作只是自娱，公开的不多，但后来认识到，也许一些东西只有公开，接受阳光的照射，才会生长得更快更有活力，文字应该就是如此。所以，我渐渐开始“晾晒”青涩，公开发表自己的一些文字，在一双双慧眼的关爱下，鞭策自己前行。此次出书，便是一次大“摊晾”，让文字接受阳光的沐浴，以求更好的成长。

也许记录成文字的记忆更长久，整理成册的文字更美好。这个春天，我怀着太多美好的期许，开始筹备这本书的出版。

我把近几年的文字整理在一起，散文随笔类大概 100 多篇，有朋友建议我同时出两本书。抱着对铅字的敬畏，我对这些作品进行了反复的筛选、精减和修改，最后长长短短保留了 50 篇。这过程，用尽心力。

我平时似乎每天都处于奔忙状态，工作，生活，孩子，学习，在各种角色中快速切换。白天几乎没有时间忙写作的事，只有到了晚上夜深人静的时候，我才可以坐在电脑前，努力切换和调适状态，开始写作，修改文字。曾有多少个夜晚，我合上电脑的时候，天已经亮了；又有多少个凌晨，我是两三点起来开始斟酌修改文字。

身体的劳累可以全部忽略，对文字的那份炽爱让我沉迷其中，乐在其间；但心理上的一些煎熬，有时让人无所适从。很多时候，我对自己不满意。我要表达的事物本身很美好，我想原汁原味原生态地呈现这些美好。可我有时感觉自己笔力欠佳，力不从心，不能充分完美地表达这些美好。为此，我曾备受煎熬。不妨允许不完美存在，努力往前走。

这期间，我也请教过不少老师和亲友。他们帮我指点迷津，校稿指正，不断鼓励和指引我前行。在此，对他们表示由衷的感谢！感谢在“花开”的路上，有你们一路相伴！

此刻，终于定稿。

把稿件寄往远方，我满心欢喜地奔向山野，可今年的花季已过，我错过了这个春天花开的时节。

但我没有失落。因为在这个春天，虽然没能去赏花悦目，但我一直忙着自己的“花开”，努力实现着一种自我绽放。

抬头，我看到了枝头的一串串果实。青涩，但勃勃生机。花开之后，已有果实初长成。

转身，奔向夏的原野。沿途，我又看到了一朵朵花儿在绚烂绽放。春季过后有夏花。

自然界的花儿开一季，但很庆幸，人生可以四季如花。

这个春天，我把过去打包珍藏。

然后，脚步轻盈，再次出发，奔向诗和远方。

李艳娥

2023 年初夏于子长